マリーゴールド町　心の洗濯屋さん

메리골드 마음 세탁소
Marigold Mind Laundry

たとえば、の話だけど。

後悔していることをやり直せたら、

心の傷になっている落ちないシミみたいな痛みを消せたら、

あなたは幸せになれる？

本当にそれを消すだけで、幸せになれるのかな。

春が過ぎたら秋が来て、秋が終わるとまた春がやってくる村がある。サッカーボール大の地球儀を何度も回していると、砂つぶみたいに小さな村が目の前に浮かび上がる。地球上にあるのに、誰もその存在を知らない村。そこには神秘的な花や木が生い茂り、想像もできないような能力を持つ人々が暮らしている。羽はないけれど、妖精のように美しい人々だ。

この村には、いつも花のようにすてきな毎日がやってくる。空は目に染みるほど青々と晴れ上がり、暑さも寒さもない。食べ物がたっぷりあって、そこらじゅうに笑い声が響いている。やさしいまなざしと心を持つ人ばかりが暮らしているから、彼らは〝憎しみ〟や〝痛み〟、〝悲しみ〟という感情を知らない。言葉にトゲのある人はひとりもおらず、いつもなごやかな雰囲気に包まれている。

世の中を照らす美しい能力を持った住人たちは、村のそこかしこにぬくもりを呼び込む。月が出ればほのかな月光の下でダンスを踊り、日が昇るとあたたかくまぶしい笑顔で一日を始める。身を切るような寒さもなければ、肩をすぼませるような心の寒さもない。

そんなある日、村で暮らすひとりの男の心に、熱い夏が訪れた。何の前触れもなく。

「あの、ちょっと！　大丈夫ですか？　しっかりしてください」

「…み……」

「えっ？　何とおっしゃいました？」

「み…ず……」

「あぁ、水ですね！　さぁ、飲んで」


男は村全体を貫く小道を歩いていた。村の世話人である彼は、大小さまざまな仕事を受け持っている。大きく腕を振り、深く息を吸い込んで自然を満喫しながら歩いていたとき、道ばたに倒れている女を見つけた。真っ白な顔に、黒く長い髪。一度も見かけたことのない女だ。女は何か言おうとするかのように唇を震わせたが、男が手渡した水を何口か飲むと、またぱたりと倒れてしまった。女の体が地面につく瞬間、木の葉たちが彼女を支えるように舞い込んできて、ふかふかのベッドをこしらえる。

「ちょっと！　起きてください！　お住まいはどちらです？　ご自宅までお送りしますから」

男は、いきなり眠り込んだ女のほうに身をかがめて言った。それから、女の白いワンピースが草の汁で汚れないように自分の上着をかけてやり、そばに座った。

（ここに寝かせておくわけにはいかないよな……。でも今はどうしようもない。目を覚ましたら、

家の場所を聞いて送っていこう。それにしても、このやすらいだ気分は何だ？　急に眠くなってきたぞ。変だな）

男は座り込んだまま膝を抱え、すうっと眠りに落ちていった。

「すみません、ここはどこなのかしら？」

肩を軽く揺さぶられて、男は目を覚ました。自分の顔をじっとのぞきこむ女の青い瞳に、思わず吸い込まれそうになる。海のようでもあり、空のようでもある深い瞳。光が当たると青く見え、まばたきで長く美しいまつ毛が揺れると茶色にも見える。女の神秘的な瞳にぽーっと見とれていた男は、ようやく我に返った。

「あの、ここはだから、えっと……〈美しい能力の村〉ですが」

「美しい能力の村？　ここには今までかいだことのない香りが漂っているわ。私はいつも香りから空間のエネルギーを読むんです。この場所は、平和でいい香り。初めて来た場所とは思えません。風も空気もやさしいのね。とても居心地がよくて、ここで暮らしたいぐらい」

「だったら……この村で、僕と一緒に暮らしませんか？」

女の瞳に魅せられて思わず飛び出した自分の言葉に驚き、男ははじかれたように立ち上がった。

耳まで真っ赤になっておろおろしている男を見て、女はとても美しく微笑みながら言った。

「そうします。ここで暮らすわ」


ひと目ぼれの恋は長続きしないと言われるが、女と男は〈美しい能力の村〉で仲むつまじく暮らし、かわいい娘まで授かった。神秘的な能力を善良な目的のためだけに使う人々に囲まれて、春が終わるとあたりまえのように秋がやってくる村で幸せに生きている。

ひたすら愛を注ぐだけの日々を送っていた女は、幸せすぎてふと不安になった。

(まぁ、私ったら何を心配してるのかしら。大丈夫。ここは誰にも知られていない村なんだから。この村で不安なんて感じているのは私だけよ)

女は首を振って考えを打ち消した。


深夜。部屋の明かりが消えてからも、愛のぬくもりに照らされた家にはあたたかさが漂う。女は毎晩寝る前に家の匂いをたしかめて、平穏と静寂にホッとする。長年連れ添うにつれてやすらぎが増し、おだやかな顔つきまで似てきた男と女は、小さなライトだけを点《つ》けた寝室で手を握り合って話をしながら眠りにつく。

二人は白髪まじりの中年になり、すくすく育った愛らしい娘はもうすぐ成人を迎える。今夜はいつもより不安そうな表情を浮かべて、女が話を切り出した。

「あなた、そろそろあの子に能力のことを話してあげるべきじゃないかしら？」

「うーむ。まだ早いんじゃないか？」

「早いだなんて。来年には成人なのよ。自分の能力を正しく使えるようにコントロールする方法を身につけておかないと」

「あの子はまだ自分の特別な能力に気づいていない。知ったらきっと驚くだろうな」

「たしかに驚くでしょうね」

「近々、頃合いを見て話すとしようか」

「それがいいわ。能力のことを教えて、他の村の物語が書かれた本は当分のあいだ読ませないようにしましょう」

「そうだな。他の村の物語には、いろいろな感情のことが書かれているからね。よくない感情と能力が結びつかないように気をつけなくては」

女はこれまで、娘は自分に似て平凡に生まれてきたのだと思っていた。それなのに、ひと足遅れて娘に超能力の兆しが見えてきたことが女を不安にさせた。これまでにも何かしら特別なところを感じたことはあったが、ただ単に共感力や実行力がある子なのだろうと考えていた。しかし、娘は善良な魔法を使える人に選ばれた。世の中を照らす能力を持つ者として避けられない試練が訪れたのだ。

この試練を乗り越えなければ能力を正しく発揮することができないばかりか、自分の心の傷を癒す方法を探してさまようことになる。試練に打ち勝つことによって初めて、能力を完璧に使いこなし、光のような存在として生きていけるようになる。周囲の尊敬を集めるその人生は美しいが、孤独で苦しい。光が明るいほど闇は深くなるものだから。月の裏面のように。

女はかつて暮らしていた町で立ち直れないほど傷つき、逃げるようにそこから飛び出して、この村にたどり着いた。ここでひたすら深い愛に包まれて暮らすなかで、心の傷はしだいに癒えていった。だからこそ、わが子には枯れない花のように一度も傷つくことなく、この世でもっとも美しい秘密めいたこの村で幸せに生きてほしいと願っていた。

しかし、自分の願いが必ずしも叶ってきたわけではないということを女は思い出してしまった。

娘は言葉を交わした相手の心にやすらぎをもたらした。自分の望んだことを現実化するという能力もしだいにはっきりと現れてきた。この村では感じることのないさまざまな感情を学び、コントロールする力を身につけて、外の世界に出ていかなければならない時期が近づいていた。

この村では選ばれた少数の者だけが外の世界へと出ていき、善良な魔法と能力を使って人々を照らす光となる。通常はごく幼い年齢で兆しが現れ、村のトレーニングスクールに通う。娘はほぼ成人になってから超能力が発現したという特殊なケースだった。


「え……。私にも能力が…ある……の？」

深夜まで読書をしていた少女はキッチンに水を飲みに行く途中、ドアの隙間から漏れる明かりに導かれて両親の寝室へ向かい、二人の会話を聞いてしまった。驚きのあまり、その場に立ち尽くす。心臓がいやにドキドキする。私にいったいどんな能力が？　どんな人を助ける力なんだろう？　魔法を使える他の人たちみたいに、村を出ていかなくちゃいけないのかな。一度も見たことのない外の世界はどんなところなんだろう……。不安と期待が同時に押し寄せてくる。壁に体をぴったりくっつけて、息をひそめながら両親の会話を立ち聞きした。

「ところで、この村に二つ以上の能力を持つ人はいたの？」

「いたらしい。前世紀に」

「……」

小さな話し声に意識を集中させていたが、その瞬間、脚から力が抜けた。壁に手をつきながら二歩ほど後ずさり、なんとか椅子に座る。自分に超能力があるというだけでも驚きなのに、二つだなんて。混乱で頭がくらくらする。

窓の外に目をやると、いつになく暗い闇が広がっている。月も星も姿を消した夜。村の外との境界の扉が開く夜。

(大丈夫よ。何も起こらない。絶対に……)

心を整えて、静かに深呼吸をしながら目を閉じる。1、2、3。


「行かないで。ママ、パパ。置いてかないで。お願い、戻ってきて」

いつの間にか眠り込んでいた少女は、泣きながら目を覚ました。両親が竜巻に巻き込まれて消えてしまう夢を見た。激しい突風が吹き荒れ、自分だけを残して愛するものすべてがさらわれていく夢。こんな気持ちは初めてだ。図書館の秘密書架で読んだ本に出てきた〝不安〟や〝恐怖〟という感情は、こういうものなのだろうか?

(寝る前に他の村の物語を読んじゃいけないって、パパとママが言ってたけど……)

少女は好奇心に勝てず、両親が寝静まった夜に秘密書架で借りた本をこっそり読むことがあった。今夜読んでいたのは、主人公の愛する人々が魔法のブラックホールに吸い込まれて異世界の境界線へと消えてしまい、彼らを探しまわるという物語だ。

なかなか気持ちが落ち着かず、少女はドキドキ音を立てる胸に手を当ててひとしきりすすり泣いた。おかしい。こんなふうに泣いていたら、ママとパパが駆けつけてくるはずなのに。どうしてこんなに静かなの?　二人ともぐっすり眠ってるのかな?　それとも、私はまだ夢の中にいるの?　どうして何の匂いもしないんだろう?　不安になってあたりを見まわした少女は、信じられない光景に驚いて目をこすった。目を閉じては開けて、また目をこする。

何度も目をこすったが、何もかもが消えている。夢よ。夢に決まってる。きっとこれが〝悪夢〟っていうものなのね。目を閉じてまた眠らなきゃ。そして、新しい夢を見よう。おかしな夜だ。ふたたび、ぎゅっと目を閉じる。

そのとき、椅子で眠り込む前に聞いた、最後の会話が頭をよぎった。

「人の悲しみに共感して癒すというのは素晴らしい能力だよ。でも、思い浮かべたことを現実化する能力が自分にあると知ったら……夢見ること自体を怖がるようになってしまうかもしれない」

「どうして今まで発見できなかったのかしら。もっと早く気づいてあげるべきだったのに。本来ならトレーニングスクールで習うことをひとりで身につけるなんて、すごく大変でつらいはずよ」

「そんなふうに自分を責めちゃいけない。いくら後悔しても、過去は変えられないからね。これから僕たちがそばでしっかり支えてあげることにしよう」

「そうね。能力について知ったばかりの頃は、思い浮かべたことや夢が現実になりやすいんですって？　あの子が危険なことを考えてしまわないように気をつけてあげなくちゃ。明日の夜、くつろげる雰囲気をつくって、すべてを話してあげましょう」

「そうだね。ただし、二つの能力をどちらも発揮するには……」

続きを聞く前に眠ってしまったことを少女は激しく後悔した。最後までちゃんと聞いておけばよかった。ううん、水を飲みに行かなきゃよかった。夜ふかしなんてしなきゃよかった。ううん、パパとママの話を盗み聞きしたせいよ。他の村の本を読んだのがいけなかったのかもしれない。どうして秘密書架に入っちゃったんだろう。考えれば考えるほど、後悔が雪だるまのようにふくらんでいく。

ふたたび目を閉じて開いてみたが、何も変わっていない。まるで廃墟のようだ。私のせいで愛する人々が消えてしまったその場所に、ひとり残されている。

後悔している瞬間をやり直せたらどんなにいいだろう。そのチャンスが与えられたら、私は正しい選択ができるだろうか。今度は間違わずに行動できるだろうか。

いや、悪いことを予知して阻止できる能力があればよかったのに。ひょっとしたら、私にはそれができるんじゃないだろうか？

こんなことありえない。こんなにあっけなく、すべてが一瞬にして消えるなんて。目を閉じて開いただけなのに、輝いていた世界が暗黒に包まれている。

こんなの夢よ。

夢に決まってる。

「夢じゃない。これは現実なのね」

ときには、いや、しばしば、現実は夢より残酷だ。何度も目を閉じて開いてみたり、座ったまま眠って目を覚ましてみたりしたが、やっぱりひとりぼっちだった。少女は自分の能力の取り扱い方を知らなかったせいで、愛する両親を失った。

元に戻す方法がどこかにあるはず。そう信じた彼女は、トレーニングスクールの教材を手に入れて熟読し、こんな項目を発見した。


自分の能力を知ったばかりの時期は、まだ力をうまくコントロールすることができません。頭の中で思い描く内容にはくれぐれも気をつけるようにしましょう。とくにトレーニングの初期は、ちょっとした思考が思いがけず現実化することがあります。眠りにつく直前に考えた内容が現実となることも多いため、これを悪用したり危険に陥ったりしないように注意してください。就寝前は必ず瞑想をして、いいことを考えるように心がけましょう。

絶望的だ。両親が戻ってくることを必死に願いながら眠りにつき、何度も夢を見たが、目を覚ますといつもひとりだった。

(あの本の物語みたいに、ママとパパは別の時代にワープしたんじゃないかしら? 何世紀かかっても絶対に見つけてみせる。また会える日まで、ずっと年をとらずに生きていこう。百万回ぐらい生まれ変わったら、きっとまた会えるはずよ。必ず見つけ出すわ。ママとパパを取り戻すのよ)

人は窮地に追い込まれると、自分でも知らなかったような超人的なパワーを発揮する。少女は切迫感と深い悲しみ、そして能力が発現したばかりの頃にみられる瞬発力を活かし、世紀をまたいで百万回の人生を生きられるように自分を封印した。危険だという忠告にも耳を貸さなかった。愛する人々を失う以上に危険なことなんてない。能力を善良な目的で使うというルールも無視して、何世紀にもわたって家族を探し続けた。ほんのり赤みのさした頬にいつも愛らしい微笑みを浮かべていた少女は、生まれる世紀や環境を変えて無数の人生を繰り返すうちに笑顔を失った。それでも平気だった。両親を見つけることさえできるなら。少女は何度も生まれ変わり、ありとあらゆる仕事をしながら世界をさまよった。

「どこにいるの？　どうか現れて。お願い……。夢なら覚めて」

何度生まれ変わっても、どんなに訪ね歩いても、両親は見つからない。少女は、死ぬこともなく、幸せにもならないよう自分に魔法をかけた。愛する人々を見つけたそのときに生まれ変わるのをやめ、ともに老いて死んでいけるように。ひとりではうれしいことをうれしいと感じることもできず、自然に老いていくことすらできなかった。両親を見つけたら一緒に笑おうと心に誓った。魔法は人助けに使うべきだという道理に背き、自分のためだけにその力を使った。

人生を繰り返すたびに漆黒の瞳は悲しみに染められ、少女は泣くことも笑うこともなくなった。ひどくさみしげでうつろな目をして、ろくに食事もとらず、眠りもせず、体はどんどんやせ細っていった。

離ればなれになったときと同じ姿のままでいれば、きっと両親に気づいてもらえるだろう。そう考えて、顔立ちが大きく変わらない年齢までしか生きなかった。ある時代の少女は二十代で、ある時代の少女は三十代だった。四十代の姿で生きたことも何度かあったが、それ以上は年をとらないようにした。愛する両親に気づいてもらえなくなることが、いや、本当は、自分の記憶力が衰えて二人に気づかなくなることが怖かった。ひたすら過酷な道のりだった。薄情な時間は思っていた以上に速く流れた。

（もう百万回目なのね。今日までのことがすべて夢ならいいのに）

どうしてこの願いは現実にならないの？　いつになったら自分の能力を使えるようになるんだろう。いくら考えてもわからない。わからないことを考え続けるのは難しいことだ。村を出るときにトレーニングスクールの本を持ってくればよかった……。

早くも百万回目であることに驚きながら目覚めた新しい人生の初日、少女はゆっくりベッドから出て、お湯を沸かすためにやかんを手に取った。

「お湯よ、沸け！　エイッ。……こういう魔法は使えないのよね」

ひとりごとに慣れた少女は、左手にやかんを持ち、右手でふたを開けて水を注ぐ。同じ年齢、同じ外見、同じ空間で生まれ変わりたいという望みは叶うのに。何が足りないのかしら。

「マグカップはどこだっけ？　いつも同じ場所にしまってあるはずなんだけど」

上の棚を見上げて探しまわったが見つからず、下の引き出しを開けてきょろきょろしていたとき、すぐ目の前の棚に置かれた白いマグカップを発見した。ぼんやりとカップを見つめる。いつからここにあったんだろう……。

そうこうしているうちに、シューッとお湯が沸いた。

「会いたいな」

これまでの人生で身近にいた人々のことが思い浮かぶ。会いたいと口にしたら、なおさら会いたくなった。少女はずいぶん前からくたびれ果てていた。楽しさや幸せから離れて生きるために感情をすべて遮断したのに、人というものはなぜ、ああもあたたかくてやさしいのだろう。何ひとつしてあげられない自分が重荷にならないように、打ち解けそうになると大急ぎで彼らの前から去った。必死に人を避け、冷たい態度をとっていた。そんな自分にぬくもりをくれた人々の顔が目の前をよぎる。もうさまようのはやめて、彼らと一緒に生きていきたいと思うこともあった。

「私にそんな資格はないわよね」

ここにとどまりたいと思うたびに、少女は慌ててその世界を離れた。

悲しいことばかりだったわけではない。好きだと思える時間もあった。少女は身近な人々の話を静かに聞いてあげるのが得意だった。卓越した共感力を持つ彼女は、一緒に心を痛めながら彼らの話を聞いた。気持ちが落ち着いた頃を見計らってお茶を出すと、相手はそっと微笑んだ。

そんなふうに、お互いの心がやすらぐ瞬間の空気が好きだった。悲しくて憂うつで腹立たしいエピソードを聞くことは、少女にとって苦ではなかった。誰より長い歳月を生きるなかで、人生には喜びの瞬間よりつらい瞬間のほうが多いことを知ったからだ。彼らが打ち明ける本音は、まるで音楽のような調べに聞こえた。

つらい記憶を胸に封じ込めて生きてきた人々の心がほぐれ、澄みわたっていく時間が好きだった。多くの人々の心をいたわるうちに、いつか自分の心も満たされるのではないかという、ひそかな期待もあった。

少女は癒す力こそが自分の能力なのだと気づいた。しかし、その能力を積極的に使う勇気は出せなかった。また誰かを失ってしまうのが怖かった。人を愛することには、相手を失うかもしれないという恐れが必ず伴うものなのだろうか。年をとらないように自分を封印した少女は、そばにいる人々が年を重ねていくのを見ながらいつも去る準備をしていた。後ろ髪をひかれる思いだったけれど。

もしかしたら彼らは自分が探している両親だったのではないだろうか？　長い歳月にわたって生まれ変わり、過去の失敗をひきずっているせいで、二人が目の前にいても気づけずにいるのではないだろうか。このマグカップみたいに。

少女はじっと見つめていた白いマグカップにお湯を注ぎながら考える。人生のすべては自分の選択よね。いろいろ考えちゃうな……。生まれ変わることにもう疲れた。そろそろあきらめる時期なのかな。ううん、そんなわけない。あきらめようなんて考えちゃダメよ。

迷いを振り切るように首を振る。マグカップの白湯をふうふう吹いて冷ましながら、家の中を見渡した。生まれ変わるたびに住む町は変わるが、家の構造はいつも同じだから見慣れている。シンプルな十二坪の1DKだ。家具は、ベッドと小さなドレッサー、洋服だんす、それからテーブルと椅子だけ。はるか昔に広々とした豪邸で暮らしてみたこともあったが、ひとり暮らしのさみしさが増すばかりだった。

新しく生まれるたびに仕事をしてきたが、お金を稼いでも使い道がない。人生を繰り返すにつれて必要なものは減り、貯金だけが増えていった。見慣れた間取りの家をぐるりと見まわしながら、ゆっくりとリビングに向かい、窓際に立つ。

「きれい」

今回住む場所をここに決めたのは、〈マリーゴールド〉という町名が気に入ったからだ。ママが好きな花と同じ名前だなんて。親近感がわいた。少女の住まいは、レンガ造りの家が花のように集まった小高い丘のてっぺんにある。路地の入口あたりから、ごはんの炊けるいい匂いが漂ってくる。おだやかに日が暮れて、また昇ってくる町。窓の外に見える家々にはポツポツとオレンジ色の明かりがともり、えんとつから煙が上がっている。

少女は身じろぎもせずに窓の外を見つめる。人通りはそこまで多くはないが、さみしいほどではない。マグカップを持ったままドアを開けてベランダに出た。素足にひんやりとしたタイルの感触が伝わる。

海に背を向けて立った少女の前を風が吹き抜けていく。夕暮れだ。海側に目を向けた瞬間、息が止まりそうになった。空を真っ赤に染め上げながら、燃えるような夕日がゆっくり海へと入っていく。沈みゆく夕日とはこんなにも美しいものだっただろうか。

山のふもとの丘に位置するこの町は、片側が海に面し、もう一方は市街地に面している。目を閉じて、息を大きく吸い込む。海の匂いだ。海と都市が織りなす風景を眺めているうちに、少女はしんみりとした気分になった。熱い涙が流れ出す。

「どうしてこんなにきれいなの。世の中にはまだ美しいものが残ってるのね」

誰に見られたわけでもないのに慌てて涙を拭き、少女は夕日が沈む光景をぼんやり見つめた。

風が吹く。花の香りが鼻先をかすめていく。風で乱れた髪の毛をかきあげる少女の瞳が夕焼け色に染まっていく。

「何だろう？　懐かしい匂い」

深く息を吸い込んで、少女ははるか昔にかいだ匂いを思い出そうとする。どこでかいだ匂いかしら。懐かしさのわけを探しながら、すっかり冷めたマグカップの白湯を飲む。太陽は一瞬にして地平線の下に消えた。夕日の残り火が空に赤く広がっている。

日が落ちたとたんに闇が訪れるわけではない。太陽は光を放ちながらゆっくりと沈み、見えなくなってからも残光が続く。そう、光と闇は表と裏に分かれているのではなく、つながっているのだ。少女はじわじわと闇があたりを包む光景を眺めた。深い闇の中にも光がある。完全な闇の中にいるように思えても、目を凝らせばかすかな光が射している。

ゆっくりと夜の帳《とばり》が下りてきた。夜の闇は朝の光へと続き、月と太陽は同じ空にある。昼の月が見えないのは、太陽ばかりを見ようとしているからかもしれない。少女は部屋の片隅でそっと膝を抱いてうずくまり、夜を明かした。朝が来る。闇が永遠のように思えても、朝はまた訪れる。生きているかぎり、こんなふうに朝を迎える日々は必ずやってくる。

「生きていれば、永遠の闇も光もないのね」

その瞬間、ある光景が少女の頭をよぎった。出会った人々に〝癒し茶〟を出す自分の手。お茶を飲んだ彼らの顔から暗闇が徐々に消え、ゆっくりと太陽が昇るように微笑みが浮かんでいく。

「……思い出した」

ガチャン！

白いマグカップが少女の手から滑り落ちる。真っ白な破片が飛び散った。無意識の中に残っていた。今さらどうして。少女は両手で口をふさぐ。まだ誰もが寝静まっている夜明け前。両親の会話を聞きながら眠り込んだあの夜、少女の意識の奥底にしまいこまれた父親の最後の言葉が聞こえてきた。

「ただし、二つの能力をどちらも発揮するには、まず悲しみを癒す能力を使いこなせるようにならないといけないんだ。人の心を癒す仕事に慣れたら、願いを現実化する能力を正しく使えるようになる。困難を乗り越えるための補助能力として、ということなんだろうね。村にもこういう能力を持っている人は数えるほどしかいない。特別で大切な能力だよ。あの子は選ばれたんだ」

今さらどうして。なぜ今なの……。涙を流す力すら失った少女はその場に立ち尽くし、自分が消滅することを願った。少女の体がだんだん透明になっていく。背後では、今日も変わらず太陽が昇ってきている。

「うぅ……。頭が痛い。どうして消えないのよ」

体が消えかかろうとしたとき、少女は目を閉じてぎゅっと拳を握った。その瞬間、マグカップの破片が白い花びらになって窓の外へと飛び出していった。花びらたちは雲のすき間に陣取り、少女の部屋に明るい日差しを入れるために雲を消していく。澄んだ青空から太陽がさんさんと降り注ぎ、少女が着ていた服は真っ赤なツバキがちりばめられた黒いサテンドレスに変わった。

少女が目を開くと、きちんと結ばれていた髪の毛がするするとほどけていく。今日はそんな日だ。何かとてつもないことが起こりそうな、嵐の前の静けさ。

「この町の夕日は毎日せつなげに沈んでいくのね。まるで最後の日みたいに」

数日間、沈んでは昇る太陽を見つめていた少女はいよいよ家の外に出た。いちばんつらかった日の最後の記憶が今さらよみがえったことがうらめしかった。でも思い出した以上、こうしてはいられない。落ち込んだり、自分を責めたりするのはもうやめよう。そんな時間があるなら、問題を解決するために生きていこう。その先に答えがあるような気がする。人の心を癒す場所と仕事を見つけなくちゃ。このマリーゴールド町で。

「んまぁ～。孫を三人も預かってるのかい？　ごはんはこれから？」

「そうなのよ。週末は娘の家に帰るんだけどね。持ち帰りで、練り天をお願いね」

町の人々が少女のそばを通り過ぎていき、親しげに言葉を交わす。ほかほかのお惣菜が入ったレジ袋と数枚の千ウォン札が行き交った。素朴でこぢんまりしたこの町には昔から長く暮らしている人が多く、住人たちはお互いのスプーンの数まで知っている仲だ。

「キンパをおまけしとくよ。ハハハ」

「練り天しか買ってないのに？　それじゃあ商売にならないでしょ。払うわよ」

「いいってば。明日また来てちょうだい」

少女は心地よいおしゃべりが行き交う光景を眺める。会話を聞いていたら、妙におなかがすいてきた。空腹を感じるなんて久しぶりのことだ。話し声に導かれるように、少女は〈ウリプン《私たちの粉》

シク《食》〉〔粉食とはキンパやトッポギなどの軽食のこと〕という名の古ぼけた食堂に入った。

油がこびりついた赤いテーブルは、ふきんで拭いてもべたべたしている。つづりの間違ったメニューの文字を直してあげたい気持ちをこらえつつ、キンパを注文した。

（最後にごはんを食べたのはいつだっけ？　少なくとも、今回の人生では初めてね）

すべきことのある自分がのんびり食事を楽しむなんて贅沢だと思った。だから、これまでは一粒で一日分のエネルギーを得られる錠剤を飲んで生きてきた。とある時代に出会った人の最期を看取り、錠剤の製法を伝授されたが、その人の顔も今となってはぼんやりとしか思い出せない。

食堂の店主はキンパを運んでくると、噛むことも飲み込むことも忘れたかのように空虚な表情をした少女を見て言った。

「食べたくなくても食べなきゃいけないよ。でないと、やせて腰が曲がっちまう！　あたしも今日は食欲がなかったけど、無理やり押し込んだのさ。なんとか食べたよ。そうすりゃ胃が大きくなる。食べないと、どんどん胃が縮んでくからね」

こんなふうに誰かが「ちゃんと食べなさい」と言ってくれたのは何世紀ぶりだろう。少女は過去を回想しつつ、キンパを機械的に口に押し込んだ。店主のぽっこりしたおなかと着古した花柄のエプロンを見るともなしに眺めながら、ふと首をかしげる。

（久しぶりの食事だからかな？　あんまりおいしくない）

そう思っていると、店主が湯気の立つスープを持ってきた。少女はスープに浮かんだネギとコショウを目で数える。

「ところでお嬢さん、名前は？」

少女はまごついた。隣のテーブルに置かれた色あせたチラシの〈ジウンスーパー〉という文字が目に入った。キンパをもぐもぐ噛み、短い沈黙のあとでそっと口を開いた。

「ジウン」

「ジウン？　いい名前だね。しっかり食べなさい。次はラーメンも食べてって！」

ジウン。うん、いい名前よね。物語を書くという意味のジウン。とっさにつけた名前が気に入って、少女は微笑みながらネギとコショウたっぷりのスープをスプーンで口に運んだ。

あぁ、スープってあったかいな。


少女、もといジウンは、キンパをすっかり平らげると口を開いた。

「ねぇおばさん、この建物っていくらぐらい？　買いたいんだけど」

「お嬢さんがこの建物を買うって？　おかしなこと言うんだねぇ。お金はあるのかい？」

「うーん、あると言えばあるほうかも」

「んまぁ。お金持ちの家の子なの？」

「いくらぐらいあればお金持ちって言えるのかしら？　必死に稼いだけど、お金を使うのが急につまらなくなっちゃったの。使わないから貯まっただけよ。それで貯金があるってわけ。とりあえず、ここの大家さんの連絡先を教えてくれる？　相場の三倍で買うって伝えといてね。その代わり、おばさんのお店の賃料は今の半額に値下げしてあげる。一生、据え置きで」

「おやまぁ、やっぱりお金持ちなんじゃないか！　顔もきれいだけど、心まできれいだなんてねぇ。買えるなら買うといいさ。大家の連絡先を教えるぐらい朝飯前だよ。ほら！　これ」

黄ばんだメモ紙に書かれた電話番号を確認し、ジウンはにっこり笑って言う。

「おばさん、これからも今の味を維持してね。いきなり新メニューを開発するなんて言い出さないでよ。初心を忘れないで！」

「あら、人を見る目があるねぇ。あたしはたしかに腕がいいからね。ところで、若いお嬢さんがどうしてそんな言葉遣いなんだい？　初対面だってのに」

「私、こう見えてもけっこう年なのよ。おばさんより長く生きてるの」

「あははは。そうかい。そういうことにしとこうかね。年上だったのかい」

クセのある黒い髪を腰まで長く伸ばし、青白い顔をしたジウンの真剣な表情を見て、店主はゲラゲラ笑った。二十代にも見えるし、四十代のようにも見えるお嬢さんだ。うつろで悲しげな目をした彼女が店の前にぼんやり立っているのを見たとき、店主はなんともいえない痛ましさを感じた。抱きしめてあげたいぐらいやせこけた彼女に入ってきてほしくて、わざと大きな声でおしゃべりをしたような気もする。

「お嬢さん、あ、ジウンさん。その花柄のワンピース、どこで買ったんだい？　すごくすてきじゃないか。あたしに似合いそうだよ」

黒い布地に真っ赤な花が散りばめられたジウンのワンピースを見ながら、店主はぽってりしたおなかに巻かれたピンク色の花柄エプロンをなでた。節くれ立った店主の指を見て、ジウンの胸は懐かしさにズキンと痛んだ。

「ママ、心がなくなったらどうなるの？」

「うーん、愛も喜びも悲しみも、何の気持ちも感じられなくなるんじゃないかしら？」

「悲しくないのはいいことでしょ？」

「悲しいことがあったの？」

「ううん。〝悲しみ〟と〝心が痛い〟っていう気持ちのことを本で読んだの。だから知りたくなったの」

「もしも心が痛くなったら取り出して、シミを落として、おひさまに当ててよく乾かせばいいのよ。次の日になればすっかり乾いて、やすらかな気持ちになれるから」

「心って、取り出せるの？」

「取り出せなかったら、こんなふうに紙に心を描くのはどう？」

「うん！　でも、心が痛かったらママにぎゅってしてもらえばいいもん」

澄んだ瞳を輝かせながら話す娘の背中をやさしくなでて、母親はエプロンのポケットからクッキーを取り出す。黄色いワンピースを着た、赤いほっぺの子どもがクッキーを受け取ってかじる。クッキーのくずを顔じゅうにくっつけて、羽ばたくように両手を広げて駆けまわる。花びらを乗せた風がつむじ風のように渦巻いて、子どもを包み込む。赤い花びらの上を転がって遊んでいた子どもは、花びらになって消えていく。

「このワンピース、五十世紀前ぐらいに買ったものなの。だから、今はもう売ってないんじゃないかな。また来るね、おばさん」

黒く長いまつ毛に悲しみをたたえたジウンは、店主のエプロンから目をそらす。懐かしい記憶から抜け出して会計を済ませ、店内をじっくり見まわした。短くため息をついてスマホを取り出し、この建物の大家の電話番号を入力して通話ボタンを押す。呼び出し音を聞きながら食堂の隣の建物に目をやったとき、色あせた看板を発見した。

〔心の洗濯屋〕
〔どんなシミも落とします。高級ドライクリーニング〕

看板をじっくり読んだ。ステッカーがはがれて、ところどころ文字が抜けている。
（クリーニング屋ね。どんなシ、い、い、ミも落とし、い、ま、す……。心についたシミまで洗い落とせるかしら）

〔全自動クリーニング、最新機器完備〕

「最新機器？　どう見ても最新ではなさそうだけど……」
ずいぶん前に廃業したらしきクリーニング屋の内部をのぞいて、ジウンは何かを決意したような真剣な表情を浮かべた。シワがよった服にアイロンをかけるように、心にもアイロンをかけたらどうだろう。心についたシミを落としたら、人は幸せになれるのだろうか？　ジウンの黒く深い瞳が輝き始める。

ここでなら可能かもしれない。目を閉じて考えをめぐらせるうちに、ジウンの硬い表情は徐々にやわらいでいった。

背後から、じわじわと夜が迫ってくる。いつものように。

軽くアイロンがけをするだけでシワが伸びる心もあれば、落とさずに大切にとっておいたほうがいい心のシミもあるはずだ。洗濯する前に穴を繕《つくろ》わなくてはいけない心もあれば、何度すすいでも汚れが落ちない心もあるだろう。

そんな心を抱いた人が気軽に立ち寄れる空間を想像してみた。これまでの人生の中で、くつろいで話ができた場所を思い出そうと記憶を探る。懐かしい人と過ごした場所がいくつも思い浮かんできた。湖のそばにあるチュンボクおばさんの二階建ての家。ヨンスおじさんの海辺の家のリビング。ヨーロッパの田舎町で泊まったソフィおばあさんの家の庭園。シミ抜きをした洗濯物がパリッと乾くように、日当たりのよさも考えなくちゃ。

いちばん思い出深いソフィおばあさんの家には、毎日のようにお客さんが出入りしていた。樹齢数百年の大木が庭園の真ん中にあり、町の人々は料理を持ち寄って、その木の下で日常を分かち合った。ソフィおばあさんの庭園みたいに毎日たくさんの人が訪れて休んでいける、木陰のような憩いの場はどうだろう。夢中で考えていたジウンは知らずしらずのうちに微笑みを浮かべていた。目を閉じて、自分のつくりたい建物を思い描く。

クルミの木を使った、丈夫な二階建て。四季折々の花が咲く庭もつくろう。外観はヨーロッパ風で、室内は韓屋《ハノク》〔韓国の伝統家屋〕みたいな垂木《たるき》の天井にするのはどうかしら。

「ここにやってきた人は、傷ついた心を回復して帰っていく。心のシミを洗濯して、木の年輪みたいに、心に年輪を刻める場所になりますように」

七段の木の階段をのぼった先に、ツバキが咲き誇るアーチ型のエントランスがある。ヴィンテージの木製ドアを開けて中に入ると、秘密の花園のような世界が広がる。

「丘の上にあるから、昼はあたたかい日差しが差し込んで、夜はほのかな月の光に照らされるの」

誰もが寝ついた真夜中。赤い光に包まれながら、まるで大輪の花が咲くように〈心の洗濯屋〉が音もなく生まれていく。身を縮ませていたつぼみが開いて花びらが一枚一枚伸びをするように、建物が少しずつ花ひらいていく。

一階には、受付とお茶を淹《い》れるスペースを兼ねた背の高いバーカウンターをつくろう。二階はランドリールームだ。ここは心のシミを落として、シワのよった心にアイロンがけする場所だから、インテリアはなるべくシンプルにしよう。洗濯機置き場とアイロンがけのスペースをつくって、お客さんが待機するための四人用テーブルセットを二台並べる。

「あっ、照明もつけなくちゃ」

リラックスして胸の内を明かせるように、室内には落ち着いたオレンジ色の照明を使おう。顔をくっきり明るく照らす光より、心を隠せる余白としての暗がりがあったほうが話しやすいだろうから。

二階につながる階段の隅には、人ひとりがやっとのぼれるぐらいの鉄のらせん階段を設置する。らせん階段をのぼった先には、屋上庭園が広がっている。屋上の中央にお客さんの洗濯物を干す物干しロープをかけて、自分用の物干しロープもかけておこう。

これまでもジウンは誰かの悲しみに耳を傾けてなぐさめるようなことがあると、家に帰ってから彼らの話を思い出しながら洗濯をした。服に洗剤をつけて手でもみ洗いしながら白い泡を見つめた。洗濯物をすすぐたびに、服にこびりついた垢とホコリが泡と一緒に流れていった。彼らの悲しみや痛みがきれいさっぱり消えることを祈りながら、洗い終わった服をバサバサと大きく振って干した。服から水がぽたぽた落ちる様子を眺めていると、感情の残りかすも一緒に乾いていく気がした。ジウンが心を込めて洗濯をした翌日、暗かった彼らの表情はすっかり明るくなっていた。まるで雲がすっかり晴れた空みたいに。


「〈心の洗濯屋〉に来れば、みんなきっとおだやかな気持ちになれるはずよ」

やすらぎに包まれた空間をつくりたいというジウンの切実な願いによって、町でいちばん高い丘の上に〈心の洗濯屋〉が誕生した。

「……よかった」

閉じていた目を開き、完成した店内を眺める。久しぶりに使う魔法が通じなかったらどうしようとハラハラしていたのだ。いつからかジウンは生きることを終わらせたいと思うようになり、老いてそのまま死にたいと切に願ったこともあった。しかし、その願いは叶わなかった。若者の体で何度も生まれ変わって人生をやり直すというのは、愛する人々を失ったこととはまた別の、引き裂かれそうな苦痛だった。そのうえ、ひとつ前の人生では、自分に与えられた能力を発揮しようとしても何も成し遂げられなかった。今回の人生では、魔法が使えるということなのだろうか。疲れきったジウンは小さくため息をつき、〈心の洗濯屋〉へと向かった。

1、2、3、4、5、6、7。

七段の木の階段をゆっくり上がって、エントランスの前に立つ。この建物を生み出した赤い花の風がジウンの足元に集まり、ワンピースの模様の中へと吸い込まれていった。

静かな夜だ。ドアを開けて電気のスイッチを押す。思い描いていたとおりにオレンジ色の照明がともり、店内はあたたかな雰囲気に包まれた。木の香りを吸い込むと、しだいに心の耳が開いてきた。人々の話し声が近づいてくる。心が聞かせてくれる物語に集中していたジウンは、バーカウンターの内側に入った。

しばらく淹れていなかったけれど、久しぶりに心を込めて癒し茶を淹れよう。このお茶を飲むと、心の中の細かいシワが伸びて気持ちが少し楽になる。今夜のような深い夜は、あたたかいお茶の癒しを切実に求めている人がいるはずだ。

ううん、もしかしたら、今夜いちばんそれを求めているのは私なのかもしれない。

「心をまるごと取り出して、ごしごし洗ってから元に戻せたらいいのにな」

ヨニは急な階段を上がりながらつぶやいた。どこもかしこも悲しいほどに美しい季節だ。新緑の五月、初夏の風に乗って花の香りが広がる美しい夜。

「心を取り出すってどういうことだよ。心臓を取り出すってことか？」

ジェハが重いノートパソコンが入ったリュックを担《かつ》ぎ直し、息を切らしながら言った。心って形があるもんなのか？　あるなら一度取り出して触ってみたい。

「たとえば、の話よ。つらかった記憶を全部消せたら、幸せになれるんじゃないかな？　心がすごく痛むときって、ずっとそのことばっかり考えちゃうでしょ。でも、ごはんを食べて、働いて、友達にも会わなきゃいけない。顔は笑ってるけど、心はヒリヒリ痛んでるの。仕事中にいきなり心がズキッとしたりね。それさえなければ楽になれそうなんだけど」

ヨニは階段の真ん中あたりで立ち止まり、長々とぼやいて息を吐いた。あたたかい空気を吸い込んで冷たい息を吐き出したいのに、実際は逆になる。呼吸すら思いどおりにいかないのね。

「ねぇ、知ってる？　心もモノと一緒で、使いすぎるとすり減っていくみたい。最近はすり減りすぎて形がなくなっちゃった気分」

「心がすり減っていく気分なら俺にもわかるよ。こんなふうに生きてて何になるんだろ、ってね。意味ないよ」

ジェハが言った。ジェハは生きる意味と幸せをまったく感じられずにいる。自分の人生を愛しているという人は、いったいどんな気分で生きているのだろうか？　どれだけ輝いている人なんだろう？　気になって仕方がない。

「目が開くから開けてるし、生きてるからとりあえず生きてくんだよ。おまえは違うの？」

ジェハはリュックの前ポケットからスルメを取り出して口に放り込み、目を細めて夜空を見上げた。輝く星を数えながら、スルメを噛みしめる。

ヨニは首を右にかしげてポール・ヴァレリーの詩の一節を思い浮かべた。

（風が吹いた。さぁ、生きよう）

風すら生きる理由になるのに、私たちはどうしてこんなに生きづらいんだろう。ジェハとヨニは街灯が点滅する階段の真ん中に並んで座り、夜の静けさに浸る。

「空気は澄んでいるけど、月が出てないね」

ジェハはセメントの冷たさにぞくりと寒気をおぼえ、お尻の下に両手を敷いた。生きるのはこんなふうに冷たくつらいことばかりだが、手のひらのぬくもりぐらいは感じたい。

「うわっ、ちょっと待て。ヨニ、あれは何だ？」

ジェハは目の前に広がる光景に仰天し、ヨニの服を引っぱりながら立ち上がった。二人は抱き合うように相手にしがみつく。信じがたい現象を見ながら二人は思った。

（とうとう頭まで変になっちゃったのかな？）


階段をのぼりきったところにある食堂から、真っ赤な花びらが竜巻のように噴き出している。よくよく見ると、風が巻き上がっているのは食堂のすぐ隣だ。ツバキのような花が猛スピードで舞い上がり、その渦の中心に建物ができていく。

「家が生えてきた……」

「だよな。どんどん大きくなってる！」

「私たち、一緒に夢を見てるの？」

「そうなのか？　夢の中にいるのか？」

手をつないで、あの花びらの渦に飛び込んだら眺めがいいかもしれない。握り合った二人の手のひらが汗ばむ。あっという間に一軒家を改築したような二階建ての建物が完成した。花の中から家が生えてくるという、ひたすら衝撃的な光景だった。

「ジェハ、あの家って前からあそこにあったんだよね？」

ヨニは両手で目をごしごしこすりながら聞いた。

「俺の知るかぎりでは、なかったと思うけど」

「私たち、生きるのに疲れすぎておかしくなっちゃったのかな」

「ありうる」

「行ってみようよ」

「え？」

「行ってみるのよ」

「だから、俺の知るかぎ……」

ヨニはジェハを引っぱって階段をのぼり、建物のそばまで行った。一秒が千年のように感じられることがあるが、今がまさにそうだ。古びた看板の前で、永遠のような時が流れる。

ヨニは看板に書かれた文字をはっきりと力を込めて読み上げた。

「こころの、せん、たく、や？」

「看板の古さからすると、このクリーニング屋は前からここにあったっぽいな」

「そうね。どうして今まで気づかなかったんだろう」

〔どんなシミも落とします。高級ドライクリーニング〕

二人は色あせて破れたステッカーの文字を何とか解読し、右の食堂のほうへ目を向けた。〈ウリプンシク〉に変わった様子はない。手で双眼鏡の形をつくり、ガラス窓に張りついて、電気が消えた店内をのぞく。油でべたべたした赤いテーブル、散らかったアルミホイル、調味料をあれこれ使いまくる店主のキッチンポットもいつもどおりだ。売れ残りの湿気た天ぷらまで山積みになっている。

「この町って食堂が少ないからメシを食うとこがないけど、ここのキンパは本当に腹が減ってないと食えないよな。こんだけ調味料を使ってもまずいってどういうことだよ」

暗い店内をのぞいてジェハが言った。二人は同時に食堂から三歩後ろに下がり、ふたたび謎の建物を見上げる。現実なのに、現実じゃない。現実じゃないのに、現実だ。月の見えない夜だから、現実だと信じるべきなのかもしれない。ときには、強く信じたことが現実になることもあるから。

一瞬にして現れた建物の前で二人はぽかんと口を開け、目を丸くしたまま立ち尽くしていた。その瞬間、強い風が吹いた。花の香りと濃厚な新緑の匂いが混じっている。

心のシミを落として、
つらい記憶を消して差し上げます。

あなたが幸せになれるなら、
心のシワのアイロンがけ、心のシミ抜き承ります。

どんなシミでも落とします。
どうぞお越しください。〈心の洗濯屋〉へ。

——店主——

風に乗って、二人の前にチラシが舞い込んできた。ジェハより先にチラシをつかんだヨニが内容をゆっくり読み上げた。ヨニは心臓のあたりにずきずきした痛みを感じ、チラシを持っていないほうの左手で胸をさする。

「ねぇ、ジェハ。私、ヒジェの記憶を消せたら、また笑えるような気がするんだけど」

ヨニは目を閉じて、大きく息を吸い込んだ。その姿を黙って見つめていたジェハは、ヨニの肩にそっと腕を回し、チラシの左側に手を添えて目を閉じた。

「傷を消せたら、そしたら俺たちも幸せになれれんのかな」

ジェハがつぶやいた瞬間、クリーニング屋に入るドアがひとりでに開いた。次の選択は二人にゆだねられている。奇妙な夜に身を任せて中に入るのか、踵《きびす》を返して家に帰るのか。

二人は同時に足を踏み出した。どちらの方向だろうか。

「ふわぁぁ。いらっしゃい」

うとうとしていたジウンは、店に入ってきた二人の気配を感じて一階に瞬間移動した。いきなり目の前に現れた彼女を見て、ヨニとジェハはぎょっとする。ジウンは長い黒髪をかきあげ、カウンターテーブルの前に来いと二人を手招きした。

「突然現れて驚かせちゃったわね。ここでは歩いて移動しようと思ってるんだけど、長年のクセが直らなくて。お茶を用意しておいてよかった。とりあえず座って飲んで」

ヨニとジェハは及び腰でジウンを見つめる。心のシミを落としたいと思ったとたん謎の建物のドアが開き、いきなり現れた女がお茶を飲めと言う。ジェハはこれまでの人生で犯したあやまちを振り返った。いくらなんでも俺、死神が迎えにくるほどのことはしてないと思うんだけど。幻が見えてんのかな。

「大丈夫。ここはクリーニング屋よ。チラシを見て入ってきたんでしょう？　私が自分で書いたの。書きものはわりに得意なほうだから。驚いてないで、ここに座って」

ジウンは白磁のポットで癒し茶を淹れながらヨニとジェハを見つめた。彼らの悲しみを心で読み取る。痛みが感じられる。心のシミの大きさを推し量りながら、小さなカップにあたたかいお茶をこぽこぽと注いだ。アイロンでシワを伸ばすぐらいで済めばいいんだけど。

ヨニはジウンからお茶を受け取ってカウンターチェアに座った。この人は二十代にも見えるし、三十代や四十代にも見えるな。顔の半分は二十代で、もう半分は老人みたいにも見える。妙に悲しげだし、いきなりタメグチだけど、なんだか親しみが持てる。表情と口調はクールなのに、不思議とやさしさが漂っている。どうしてだろう？　どこかで会ったことあったっけ……。この近所に住んでるのかな？　何も食べずに生きているかのように華奢な体で、ふわふわと軽やかに歩き回りながらお茶を淹れている。花びらが動いてるみたい。きれいっていうより、すごく魅力的っていうか。あ、それがきれいってことか。とにかく変わった女性だ。

ヨニはジウンをちらちら見ながら、震える手でお茶を何口か飲んだ。しだいに心が落ち着いていく。まだ立ち尽くしているジェハを引っぱって椅子に座らせ、お茶を飲めと目で合図した。幼い頃から同じ町で育った二人は、目で会話することに慣れている。

（飲みなよ）

（変なもんが入ってるかもしれないだろ？）

（入ってたっていいでしょ。私たちの現実よりましよ）

（まあね）

ジェハはうなずくとリュックを下ろして座り、カップを手に取った。

お茶を飲みながら、二人は周囲を見回した。外から見るとプロヴァンスかどこかのカフェみたいなのに、二十坪ほどの店内には韓屋の趣きが漂っていて、静かでくつろげる。思わず入りたくなる店構えだったが、実際に入ってみると期待していた以上に居心地がいい。吹き抜けの天井に窓があり、月の光が差し込んでくる。あれ？　いつの間に月が出たんだろう。さっきは見えなかったのに。

「夜なのに、おひさまにぽかぽか照らされてるみたいな気分です。なんだかあったかくて、ゆったりしたところですね」

ヨニは木のぬくもりが漂う本棚の前へ歩いていった。大小さまざまな観葉植物がバランスよく配置され、天然木の家具が心をおだやかにしてくれる。ふたたびカップを手に取ると、三日月が浮かんでいる。お茶に映る月と天井はまるで絵のようだ。〝絵のよう〟っていう言葉はこんなときに使うのね。二階には何があるのか知りたくなり、ヨニはジウンに近づいて好奇心いっぱいの顔で尋ねた。

「ところで、ここって本当に洗濯屋さんなんですか？」

「そうよ、洗濯屋さん。でも、クリーニング代はいらないわ。ツケにしとくから」

「ツケですって？　私、すでに借金だらけなんですけど……奨学金だってまだ返せてないし」

「そういう意味じゃないの。今、あなたの心には落としたいシミやアイロンをかけたいシワがあるでしょう？　ここで心を洗濯しておだやかに生きられるようになったら、助けが必要な人を手助けしてあげて。それがクリーニング代の代わりよ。ＯＫ？」

「童話に出てくる天使みたいには見えないけど、いいことをされてるんですね」

お茶を飲み終えたジェハがくすくす笑いながら言った。

「……」

ヨニは無言でジェハをじろりとにらみつけ、ジウンのそばに行った。誰かのことを気に入ると、その人の近くにいるだけでうれしくなる。ヨニは会ったばかりのジウンになぜか強い好感をおぼえていた。不思議だな。本当に不思議な夜だ。

ジウンは引き出しから白い半袖のＴシャツを二枚取り出し、ヨニとジェハに言った。

「ひとり一枚ずつよ。つらくて忘れたいことがあるなら、これを着て。ただし、心のシミやシワを消すと、その当時の記憶も消えてしまうの。だから、そのことを本当に忘れてしまってもいいのかどうか、よく考えてから決めるようにしてね」

「つらい記憶なら忘れたほうがよくないですか？　そしたら不幸じゃなくなるでしょ」

ジェハは笑顔をひっこめてＴシャツを両手でうやうやしく受け取り、真面目な顔で聞いた。ジウンは真意の読めない黒い瞳を伏せ、答える代わりに首を二度ほど横に振った。そしてカウンターから出てリビングの大きな窓の前に立ち、夜空を見ながら言った。

「不幸じゃなくなれば、それでいいのかしら」

「不幸じゃないって、つまり幸せってことですよね？」

「人生から不幸を取り除いたら、幸せだけが残るの？」

「……そう、じゃないんですか？」

「一日の中で感じるのは、不幸と幸せの二つだけ？」

「いえ、さすがに二つだけってことはないです！」

「じゃあ、他にどんなことを感じる？」

「うーん。眠いな、とか、ムカつくとか、腹減ったな、とか。仕事行きたくねぇなあとか、家にいるのに帰りたいなとか、まぁそんな感じです。生きてることを実感したくなったときは、スルメを噛んでますね。いつまで噛んでも硬いんです。俺の人生みたいに。ぐにぐに噛んでもずっと噛み切れなくて。そのうちあごが痛くなってきて、イラッとするでしょ？　そしたら、生きてんだなぁ俺って思えるんです。アホみたいですよね……。これが不幸なのか幸せなのか、それすら実際よくわかんないです」

ラップのように夢中で言葉を吐き出したジェハは、そんな自分に戸惑った。ヨニ以外には胸のうちを明かさず、いつもへらへら笑って過ごしてきた。笑う顔に矢立たずという言葉もあるし、目の前にいるのがムカつくやつでも嫌いなやつでもとにかく笑った。幸せが何なのかはわからないが、なるべく悪く言われないように一日を過ごそうというのが人生のモットーだ。それなのに、俺は今、初対面のこの人にどうしてここまで本音をさらけだしてるんだろう。

「忘れたほうが楽になれる記憶もあれば、つらくても不幸を乗り越える力になる記憶もある。悲しみが、ときには生きていく力になることもあるのよ」

淡白で無駄のないジウンの言葉を聞き、ジェハはカップのお茶をごくりと飲んだ。それから、ぼんやり見つめていたTシャツを服の上から重ね着した。いたずらっぽい笑顔はすっかり消えている。Tシャツを着るジェハを見て、ヨニは目を閉じた。何を聞かれてもすらすら答えたくなるような、忘れたわけではなく目を背けていた記憶がひとりでに思い浮かんでくるような、今日はそんな夜だ。

「心のシミを完全に消したい？　それとも、シワに少しアイロンをかけるだけで大丈夫そう？」

無言でぼんやりしているジェハに向かって、ジウンが聞いた。ジェハは何も答えず、深くうつむいた。心のシミを消したいのかシワを伸ばしたいのか、よくわからない。そんなジェハを見ながら、ジウンは二階に上がる階段のほうへと歩き出した。

「お茶を飲み終わったら上がってきて」

「……はい」

カップにほんの少し残ったお茶を飲み干すと、ジェハはヨニを見つめた。ヨニはジェハに力強い視線を送り、こくりとうなずいてみせた。そして、ジェハのリュックを開けて本を取り出し、適当に開いたページを読み始めた。ジェハが階段をゆっくりとのぼっていく。


二階の窓際には大きな洗濯機が二台並び、銀色のミシンとアイロンが置かれた一角がある。洗濯道具が並んでいるのに、どことなくカフェのような雰囲気が漂う空間だ。天然木の家具とオレンジ色の照明が気持ちを落ち着かせてくれる。テーブルが二台と、ソファが二つ。ジェハは手前のソファに深く腰を下ろした。

「目を閉じて、消したい記憶を思い浮かべてみて。そうすると、着ているTシャツに少しずつシミが浮かんでくる。本当にその記憶を消してしまってもいいのか、Tシャツを脱ぐ前によくよく考えてね。選択するのも、その結果の責任を負うのもあなた自身よ」

「俺がこれを脱いだら、その後は？」

「私を信じて。すぐにシミを落としてあげるから」

ジウンは右手でランドリーコーナーを指しながら言った。実のところ、シミを落とす方法はたくさんある。シミが浮かび上がった服を洗濯機に入れるのは、ちょっとしたサービスだ。何と言っても、ここは〈心の洗濯屋〉なのだから。癒し茶と打ち明け話だけでもシミを落とすことはできるが、記憶を残すか消すかを選ぶための時間を用意しているというわけだ。

「洗濯が終わったらシミは消える。最初からなかったことみたいに、その部分の記憶だけがすっぽり消えるの。消したほうがいい記憶もあれば、残しておいたほうがいい記憶もある。判断を間違えないようにね。自分の記憶は、いいものか悪いものかわかりづらいから」

ジェハが目を閉じた。ジウンは音を立てないようにその場を離れて階段をのぼり、屋上に出て今日という一日の残り時間を予想した。ジウンは時計ではなく、空を見て時間の見当をつける。月は最古の時計だから。

「いつも明るく笑っている人を見ていると胸が痛むわ。ずきずきする。一日中笑っていられる人なんていないのに。笑顔の裏に、悲しみを隠して生きているのね。心に染みついた痛みを消せば楽になれる人もいる」

ひたすら笑っていたジェハのことを考えながら、ジウンはつぶやいた。腕組みをして、ジェハと同じように目を閉じた。そして息を大きく吸い込みながら両腕を広げ、羽ばたくように伸びをした。背中から生えてくる翼を広げて、今にも飛び立とうとするかのように。
そんなジウンの後ろ姿を、闇の中から誰かがじっと見つめていた。

［ヨンジャさん、昼ごはん食べた？　しっかり食べて、無理せずがんばって！ ^^］

ジェハはタクシードライバー向けの食堂で厨房係として働く母にメッセージを送り、スマホをポケットにしまってから、大きく伸びをした。三カ月前に撮影した映画を半地下のワンルームで編集し、倒れ込むように寝て、目が覚めたらカップラーメンを食べ、また編集作業を繰り返す日々。太陽を見るのはいつぶりだろう。伸び放題のひげに触れ、長いえりあしに手をやった。キャップをかぶり直し、片目を閉じて空を見る。まぶしいな。ジェハにとって、いちばん手っ取り早い気分転換の方法は空を見ることだ。どこまでも広がる空はいつでもどこでも見られるし、お金もかからないから。空はいつも、ほどよい距離感でそばにいてくれる。近すぎず、遠すぎず。

「おいおい、今日の空はクソ青いな。いや、きれいなのにクソって言い方はないよな。めちゃめちゃ青くて澄んだ空だな」

閉じていた片目を開けて、三十メートル先のコンビニに向かって歩き出す。ジェハは地方の工業大学を中退して芸術大学に入り直し、卒業制作の短編映画がヨーロッパの小さな映画祭で賞を獲った。これをきっかけに将来有望な映画監督として脚光を浴び、教授と同期生の期待を一身に背負うようになった。存在についての考察をテーマとした実験的なアプローチが好評を博し、第二のパク・チャヌクと称された。ときどきテレビに出演することもあった。ジェハは世の中のすべてを手にした気分ですっかり浮かれていた。

しかしジェハはその後、一本も映画を撮れなかった。周囲の期待に応えられるような傑作をつくりたいのに、シナリオが書けない。一行も書けず、実のところ書きたい物語もなかった。食堂で働く母親の稼ぎで暮らしていたジェハはそんなふうに二年を過ごし、結局、建設現場の肉体労働とフードデリバリーのアルバイトを始めた。ヨンジャさんは膝を痛め、手術をしてからも三錠の鎮痛剤を口に放り込んで働きに出ていた。その姿をただ見ているわけにはいかなかったからだ。バイト代を貯めて、映画を撮るために半地下の部屋を借りた。賞を獲ってから五年が経っていた。

「食べたわよ～。息子が就職して結婚してくれたら、もう何も望むことはないんだけど」

ブーッ。コンビニの屋外テーブルに振動が伝わる。〈七種のおかずのお弁当〉の上に置いたスマホが鳴っている。ヨンジャさんからのメッセージを確認すると、ジェハは缶ビールをぐびぐび飲んだ。くぅ～、酒はやっぱり昼酒だよなぁ。

「ヨンジャさん、就職も結婚も言うほど簡単じゃないんだよ。俺だって何とかしたいと思ってる。少しだけ待っててて。今回の映画をヒットさせて親孝行するから！」

うきうきと肩を揺らしながら弁当のふたを開け、ヨンジャさんと世の中に向かって叫ぶ。ジェハはごはんをもりもり口に押し込み、未来を想像しながら笑った。

「いつもは死相が漂ってるのに今日はやけに楽しそうだね、兄ちゃん。ゆっくり噛んで食べるんだよ」

大企業を退職してコンビニを始めたというオーナー店長が、店先のテーブルを並べ直しながらジェハに声をかけた。

「コンビニ弁当はやっぱりここのがいちばんうまいんで。店長はもう食事されました？」

「俺はもうちょっとしてから廃棄品が出る時間に食べるよ。捨てるのはもったいないからね。兄ちゃんも一つ持っていくかい？」

「いえ、俺は大丈夫です。店長、廃棄品ばっかり食べてちゃダメですよ。体に気をつけてください」

「コンビニ弁当が体に悪いっていうのは昔の話さ。ほら、ここに書いてある。うちの弁当は塩分控えめだし、五大栄養素も豊富なんだ。持っていきなさい」

「ホントだ。ちゃんと考えてあるんだなぁ。いや〜、どんどん暮らしやすい世の中になりますね。やっぱ、一つもらっていきます！」

ジェハはカップラーメンを二つ買い、店長にもらった廃棄弁当と一緒にレジ袋に入れてのろのろと帰宅した。それからまた一週間、映画の編集作業に取り組んだ。受賞後の初作品だから周囲の期待に応えたい。でも、人生はたいてい俺を裏切る。欲しいものはめったにくれないのに、欲しくないものはうんざりするほど寄こしてくる。ネットの人気講師が〝いいことと悪いことは時計の振り子みたいに交互に起こる〟って言ってたけど……。ジェハの人生は、鐘を打つように悪い方向にばかり振れているような気がした。

「これが映画だって？」

「監督は何を考えてこんな映画を撮ったんだ？」

「時間と金を返してほしい」

ソウル市内のミニシアター二館で公開されたジェハの映画は、初日から観客に酷評された。海外のあらゆる映画祭に出品したが、落選した。知人は作品性の高い映画だと言ってジェハを励ましてくれたが、その目は別のことを物語っていた。


どうして今、ずっと昔に家を出ていった父親がはいていた、濃い色のジーンズのすそのことなんか思い出すんだろう。父親だというあの人がきちんと務めを果たしてくれていたら、肉体労働をせずに映画だけに専念できたのに。せめて生活費だけでも送ってくれていたら。いや、俺が大学を中退したりしないで、趣味で映画を楽しんでいれば……そして、芸大に入ったりしなければ……ヨンジャさんが望んでいたように大企業に就職するとか公務員試験の勉強をしていたら……。あるいは、映画が失敗した後に広告代理店に入ったりしないで、ユーチューブのディレクターにでもなっていれば……。いや、俺なんかそもそも生まれてこなければ……。

ジェハは失敗の言い訳をかき集めていた。

いちばんうらめしいのは、夜遅く仕事から帰ってくるヨンジャさんを待つあいだ、真っ暗な部屋で映画を観ながら、ひとりぼっちの怖さとさみしさを紛らせていたあの日々かもしれない。

「それで、落としたいシミはいったいどれなの？」

人間の心は本来、赤ちゃんのおしりのようにすべすべとやわらかい。しかし、生きているうちにあちこち傷がつき、シミが何層にも重なったりシワがよったりする。徐々に消えていくシミや自然に伸びるシワもあり、消えずに残ったとしても、生きる力になってくれるシミは心の年輪に変わる。その一方で、ずっと抱えていると傷や痛み、あるいは欠陥となって表に出てくるシミもある。

ジウンは、ジェハの明るい笑顔を見ながら月の裏側を思った。いつ死んだってかまわないという目は、同じ思いをしたことのある人だけに見分けることができる。洗濯屋にジェハが入ってきた瞬間ピンときた。彼の心にあるシミは一つや二つではなさそうだ。ジウンは夜空に祈るように呪文を唱えると、急いで二階に戻った。案の定、真っ白だったTシャツのあちこちにシミが広がっている。

「これ、全部消せますかね？」

ジェハはジウンに気づき、きまり悪そうにTシャツを脱いだ。大丈夫なふりをして生きていれば大丈夫だと思ってたけど、大丈夫じゃなかったっぽいな。Tシャツを染めたシミを見て、ジェハは驚くと同時に複雑な心境になった。

映画が大コケしたあと、契約社員として小さな広告代理店に入社してから気づけば五年になる。社長は毎年「今年は正社員にするから」と言いつつ、正規雇用に切り替えてはくれない。もう三十三歳だ。半地下の部屋と非正規職から抜け出したい。こんな現状を知られたくなくて、恋人ができても関係が深まりそうになると突き放した。あえて浅く短い交際をして、別れを繰り返した。何から消せばいいんだろう。ジェハは考えにふけった。

「人生を丸ごと消せるわけじゃないのよ。何もかもリセットすれば、うまくやっていけそうだと思ってるでしょう？」

「あれ……。なんでバレたんだろ」

ジェハは恥ずかしそうに頭をかき、ジウンから目をそらしてTシャツを触った。過去のシミをすべて消せば幸せになれるかもしれないと考えていたところだった。シミとして残った痛みを消すというこの人は、いったい何者なんだろう。高めに見積もっても俺たちと同い年ぐらいにしか見えないが、まなざしは千年を生きてきた人のように深く悲しく、妙にあたたかい。ぬくもりのある哀愁が感じられる。これまでに見たことのないまなざしだ。

ジェハには、人の瞳を観察するクセがある。口は嘘をつくが、瞳は嘘をつかないから。言葉は思考の言語的表現に過ぎず、瞳の揺れまで阻止することはできない。口では「愛してる」と言いながら、目に感情がこもっていない人々。「しんどい」と言いながら、生きるのが楽しくてたまらないという目をした人々。「私を信じて」と言いつつ、目にはまったく誠実さのない人々。「すぐ帰ってくるからちょっとだけ待っててね」と出ていくヨンジャさんの目は悲しみに染まっていた。ヨンジャさんが新しい男と暮らし始めてからは、その悲しいまなざしも久しく見ていないけど。

「ひとつだけ消しなさい。全部消したら、何も残らないでしょ。心の傷だって、生きてきた証なんだから。いちばんつらいシミをひとつだけ」

ジウンの瞳は揺れない。まなざしと言葉が一致する瞬間。ジェハの体はぞくりと震えた。

「さみしさを消したいです」

「さみしさ？」

「……はい。ヨンジャさんが戸を閉めて、仕事に出かけていった日のさみしさです」

たしかジェハが三、四歳ぐらいの頃、父親だという人が家を出ていった。顔は思い出せないが、ジーンズのすそをつかんだ感触だけは覚えている。行かないでとわんわん泣きながら脚にしがみつくジェハを抱きしめることも引きはがすこともできず、しばらく立ち尽くしていたジーンズの濃い紺色とごわごわした肌ざわりだけが思い浮かぶ。

父親が去ったあと、ヨンジャさんとジェハは二人がやっと横になれるぐらいの長屋で暮らし始めた。ジェハを預かってくれる人はいなかったので、ヨンジャさんは一日分の食べ物を用意して、部屋におまるを置き、外から戸に錠をかけて仕事に行った。幼いジェハは開けてくれと泣き叫んだが、何日か経つと、ヨンジャさんが出かけるたびに涙ぐんでいることに気づいた。それ以来、泣くのをやめて、どこかでもらってきたテレビを見ながら一日を過ごすようになった。部屋の中のジェハはひとりぼっちだったが、テレビをつければ愉快な人々がたくさんいた。同じ年頃の友達もいたし、カッコいいおじさんやおばさんもいた。テレビに飽きると、椅子を持って窓際に行った。窓の外を行き過ぎる人をひとしきり眺めても、街灯がともる時間になっても、ヨンジャさんは帰ってこなかった。

ジェハが待ちくたびれて眠りにつく頃、ヨンジャさんは食堂の余った惣菜を持って、そっと部屋に入ってきた。ジェハは匂いでヨンジャさんの帰宅に気づいた。焼き肉の匂い、炭火の匂い、汗の匂い、食べ物の油っぽい匂い、湿布の匂い。ジェハはヨンジャさんの匂いをかぐと、ようやく安心して深く眠ることができた。うんざりするようなあの匂い。ジェハはいつの間にか自分で家事をこなせる子どもになっていた。ヨンジャさんの匂いを消したくて。


「ひとりでヨンジャさんの帰りを待っていた記憶を消したいです。外から錠をかけられるとき、俺はいつも怖かった。でも、叫ぶわけにはいきませんでした」

「さみしかったでしょう。すごく怖かったわよね」

「はい。ヨンジャさんまで帰ってこなかったらどうしよう、って。それがいちばん怖かったです。そんなときは、テレビで見た映画のことを想像していました。頭の中でひたすら考えまくって。そのうち、自分で物語を想像して映画をつくってみたくなったんです。ハハッ……笑えますよね。こんなきっかけで映画を始めたなんて」

「そんなことないわ。そういうことは、笑えるじゃなくて、悲しいって言うのよ」

「ですよね。悲しいです。悲しいことを素直に悲しいって言えるのが、どれだけ自由でカッコいいことかご存じですか？　誰にでもできることじゃないんです」

「……わかるわ」

「俺、やっぱり戸に錠をかけながら泣いてたヨンジャさんの心のシミを落としてあげたいです」

「悲しかった自分のシミじゃなくて？」

「俺のシミも落としたいですよ。でも、すべて理解できたってわけじゃないけど、大人になってからわかったんです。そこまでしてでも俺を守りたかったヨンジャさんの気持ち。あの頃のヨンジャさんは、今の俺より若かったんです。まだ二十九だったんですよ。ハハッ、俺、今ちょっとカッコよくなかったですか？」

「まぁね。うん、えらいわ」

悲しいときに笑うのがクセになっているジェハだが、口元のかすかな震えまでは隠せない。

ジェハが手にしていたTシャツを受け取って、ジウンは気前よく言った。

「オープン記念として紹介キャンペーンを実施するわ。今日はあなたがこの場にいるから、まずはあなたのシミを落としましょう。今度、ヨンジャさんを連れてきて。サービスするから」

「わっ、ホントですか？　ヨンジャさんも？」

「ええ、いつでも。さあ、そろそろ始めるわよ。今から洗濯して落とすシミは、もう二度と元には戻らない。そのシミに関連した別の記憶まで一緒に消えることもある。大丈夫？　後悔しない？」

「……はい。しません。いや、後悔することになっても別にいいです」

ジェハは決意を固めたように深くうなずきながら言った。消せるものなら、すべて消してしまいたい。あの日々も、映画をつくった日々も、映画が絶賛された日々も全部。映画に関することは何もかも消し去りたい。映画の記憶を消すために、幼いジェハの痛みを消したい。幼いジェハの痛みを消すために、ヨンジャさんの痛みも一緒に消したい。俺たちは毎晩手をつないで、お互いのぬくもりであの日々を生き抜いた。朝が来ないことを毎晩祈っていた。朝が来たら、ヨンジャさんはまたつらい気持ちで戸に錠をかけて、仕事に行かなきゃいけないから。

ジウンは洗濯機の前に立ち、まっすぐに伸ばした手を後ろに引いた。バレエを踊るように優雅なジウンの手の動きに沿って洗濯機の扉が開き、ジェハの心のシミがにじんだTシャツが吸い込まれていく。
1、2、3、4、5、6、7。
ジェハは洗濯槽が七回転するのを数えた。目じりに涙が浮かぶ。さよなら、さみしさよ。さよなら、幼いジェハ。さよなら、映画を愛した時間たち。

「人生でいちばん重要なことって何だと思う？」

洗濯機が回る様子を一緒に見ていたジウンは、ジェハに聞いた。ジェハは答える代わりにジウンをぼんやり見つめた。ジウンは返事を期待していたわけではなかったから、そのまま話を続けた。

「呼吸すること。それがいちばん大切なの。きちんと呼吸ができれば生きていけるでしょう？」

「意外ですね、呼吸だなんて」

「呼吸をしなきゃ生きていけないわよ。しっかり呼吸をすること。息を吸って吐いて、ごはんを食べて、働いて、落ち込んで、喜んで、文句を言って、憎んで、ときには誰かを愛して、また働いて、眠って、歩いて、呼吸する。これが基本よ。ぐっすり眠って、ちゃんと食べて、よく笑うには、まずしっかり呼吸をしなきゃ」

「呼吸かぁ……」

「そう。ちゃんと呼吸ができるようになったら、そのとき問題に向き合って生きていけばいい。何の問題もない人生なんてないわ。問題が発生したら、乗り越えるのみよ。逃げて解決したつもりになるんじゃなくて、最後まで目をそらさないで向き合うの。それが克服するってことよ」

「最後まで目をそらさない。しんどすぎませんか？」

「もちろん大変よ。難しいことよね。でも、そんなふうに向き合えば、それはもう問題ではなくなるの。心のシミも同じ。自分のシミを受け入れた瞬間、それはもうシミではなく、心の年輪になる。生きることを怖がらないで。その日まで生きているのかどうかもわからない、はるか遠い未来のことを心配しないで。ただ今日を生きればいい。今日という一日をしっかり生きて、明日が来たらまた今日を生きる。それでいいのよ」

「わぁ……。オーナーはなんでそんなに人生悟ってるんですか？　いってるとしても俺よりちょっと年上ぐらいだと思うけど、千年ぐらい生きてる人みたいなこと言いますね！」

ジウンはかすかに笑った。この子、なかなか鋭いじゃない。私が生きてきた歳月は、千年どころじゃないけどね。


そのとき、洗濯機の扉がバタンと開いた。この建物が生まれたときと同じように、赤い花びらがつむじ風を起こしながら一直線に伸び、ジェハの前にTシャツを運んできた。ジェハは戸惑いながら、花びらに乗った服を見つめた。いちばん濃かったシミはすっかり消え、他のシミは少し薄くなっている。花びらは急かすように、ジェハの手のまわりをぐるぐる回った。

「Tシャツを受け取って、屋上の物干しロープにかけてきて。太陽が昇ったらカラッと乾いて、消したかった心のシミがすっかり消えるはずよ」

ジェハはTシャツを手にしたまま、ぼう然と立ち尽くしていた。変だな、悲しくない。毎日悲しかったのに、今は悲しくない。この不思議なクリーニング屋は、本当に心のシミ抜きをしてくれたのだろうか？　毎日笑って悲しみを隠していたジェハは、つくり笑いの消えた自然な表情で屋上庭園へと上がっていった。

「変わったクリーニング屋だよなぁ。オーナーも変わってるし」

ジェハはひとりごとをつぶやき、階段を下りようとしているジウンを呼んだ。

「オーナー。ところでどうしてマリーゴールド町なんですか？〈心の洗濯屋〉を開いた場所」

ジェハに聞かれ、ジウンは振り返らずに足を止めた。

「……きれいだから。夕焼けが」

「夕焼けがきれいな町なら、他にもたくさんありそうですけど」

「あるわよ。でも、この町は〈ウリプンシク〉のキンパがおいしいでしょ」

「は!?　〈ウリプンシク〉のキンパ？　オーナー、本当においしいものを食べたことがないんだなぁ。今度、俺たちと他の店に行きましょうよ。俺、ジ、エ、シュランガイドをつくってるんで。うまい店をいっぱい知ってるんです」

「そうね、機会があれば」

やれやれと首を振るジェハを残して、ジウンは階段を下りていく。そういえば、あの日も夕焼けがきれいだった。マリーゴールド町で初めて目覚めた、あの日。


「恋愛のシミを落としたいんです」

ヨニは戻ってきたジウンを見るやいなや、震える手で本を閉じて言った。デパート一階の化粧品売り場で働くヨニは、顔の第一印象から相手の性格を予想する。一日中、壁で囲まれた閉塞感のある空間でたくさんの客と接しているうちにそんな習慣がついた。

疑り深いタイプのジェハがジウンのあとをついて二階に上がってから、〈心の洗濯屋〉の雰囲気はいっそうおだやかになった。空間の雰囲気を決めるのはモノではなく、人のオーラだ。そう信じているヨニは、ジウンのことをきちんとした人なんだろうなと思った。少なくとも、嘘をつく人には見えない。最初は、うまい話をもちかけて物を売りつけるマルチ商法の会社かもしれないと身構えたが、店内をいくら見まわしてもそれらしき商品は見当たらない。心のシミを落とすという話は、もしかしたら本当なのだろうか。たとえ嘘だとしても、真実だと今は信じたかった。

「恋愛がどうしてシミになったの？」

ジウンは、ヨニの肩にそっと手を置いて聞いた。野良猫のように縮こまって震えているヨニは、自分を救ってくれる誰かを待ち望んでいたかのように見えた。

「彼が他の女の子たちと遊んでいることは知っていたんです。でも、いつかは私のところに戻ってくるんだろうなと思っていました。ヒジェは最初から浮気をしてたわけじゃありません。三年ぐらいはすごくうまくいっていました。朝六時までスマホが熱くなるぐらいメッセージを送り合って。初めての恋人だったんです、お互いに。

ヒジェには夢がたくさんありました。彼が目を輝かせながら夢を語る姿が好きでした。私って絶対にこれがやりたい、みたいなことがなくて、やらなきゃいけないこととか自分にできることをするタイプなんです。ヒジェが作曲をやりたいって言うから、24回払いで高性能なノートパソコンを買ってあげました。作曲をやるなら楽器も演奏できたほうがいいって言うから、ギターもプレゼントしたんです。そのうち、やっぱギターより鍵盤楽器だよな、って。だから電子ピアノを買いました。今度は自分で歌いたいって言い出したから、マイクも用意したんです」

そっと口ずさむように語るヨニの視線は宙に浮いている。ヨニがヒジェの生活費までまかなうようになり、二人は自然に同棲を始めた。市場で一緒に買い物をして食事のしたくをした日々。ゆっくり昼寝をしてから寝ぼけまなこで公園を散歩し、おなかがよじれそうなほど笑った幸せな瞬間もあった。薄れてきた記憶を思い返しながら考えにふけるヨニを見て、ジウンは手の中のハンカチをぎゅっと握りしめた。恋愛っていったい何なのかしら。いったいどうして、ひとりの人をそこまで絶対的に信じられるんだろう。

「バカみたいですよね。でも、そのときはヒジェが私にとって唯一の生きがいだったんです。彼は作曲をしばらくやったら、ボーカルスクールに通いたいと言い出しました。そのあとは演技スクールに通いたい、って……。その費用を出してあげるために、私は仕事が終わってからコンビニや飲食店のホールスタッフのバイトをしてヒジェの夢を応援しました。お金は稼げる人が稼げばいいから。私は他にお金を使うことがなかったんです。ヒジェが夢を叶えて幸せになれば、自分も幸せになれると思っていました。いつからか私の夢はヒジェそのものになっていました。もしかしたら、自分が抱いたことのない甘い夢をヒジェに託して、代わりに叶えてもらいたいと思っていたのかもしれません」

ヒジェがボーカルスクールに通うようになってから、連絡がつかないことが多くなった。レッスン中だったという言葉をヨニは信じた。演技スクールに入ってからは何日も家に帰ってこなくなった。数日ぶりに酔って帰ってきたかと思うとヒジェはすぐに寝てしまい、着替えを持ってヨニに何の挨拶もなく出ていった。三カ月、六カ月、一年……。そんなふうに時間だけが流れた。ヒジェが一カ月近く家にひきこもっていた時期もあった。ずいぶん前から二人の間に会話はなくなっていた。体の会話も、心の会話もすべて。

「私に触れる手が義務的になって、冷たくこわばっていくのを感じました。私たちにも熱くとろけるような日々がたしかにあったのに。無感情に抱かれるのが悲しくて、私のほうから拒むようになりました。そんなふうに、恋人でも友達でもない状態で暮らしていました。

ある土曜日の午後、ヒジェがベロベロに酔って帰ってきて、悪いけどちょっと借り入れをしてくれないか、って言うんです。母さんが手術をすることになって一千万ウォン必要なんだ、すぐに就職して返すから、って。その日、久しぶりにヒジェと家で食事をしました。ヒジェがサバを焼いて、味噌チゲをつくってくれたんです。ごはんもすごくふっくら炊けました。向かい合って、ごはん粒ひとつ残さずおいしく食べて、自然な流れで長い夜を過ごしました。いつになく深くて濃くて熱い夜でした。心がこもっているのを感じました。体は嘘をつけないから」

ついにヒジェが改心して、自分の元に帰ってきた。ヨニはほろ苦さを感じつつも安堵した。過ぎたことは忘れよう。愛し合っていたあの頃の私たちに戻れるんだから。これからは、他の人たちと同じように平凡な家族になって暮らしていけばいい。ヨニがずっと手に入れたかった、平凡に暮らす本物の家族に。

その翌日、ヨニは借り入れをするために仕事を早退して帰宅した。家の玄関を開けた瞬間、息が止まりそうになった。ヨニのものではないハイヒールがヒジェの靴に寄り添うように並んでいる。二足の靴は、外向きにきちんとそろえて置かれていた。サイズは二十三センチ。足の小さい女だ。ヨニは部屋から聞こえてくる声を耳にして、目をぎゅっとつぶった。叫ぼうか、写真を撮ろうか。それとも、警察に通報すべきだろうか。ジェハに電話をしようか……。しばらく立ち尽くしていたヨニは、ぶるぶる震える手で足の小さな女のハイヒールをつかんで玄関を出た。

「どうして靴なんか持ち出したんでしょうね。自分でもよくわかりません。細いヒールを階段に打ちつけたら簡単に折れました。すごくもろいヒールでした。ヒジェと私の関係みたいに」

ジウンは思慮深い瞳でヨニを見つめ、次の言葉を待った。

ヨニはジウンから渡されたハンカチで涙を拭くと、顔を上げてかすかに笑ってみせた。笑っていても泣いているように見えることがあるのね、とジウンは思う。一階に戻ってきたジェハも静寂に身をゆだね、ジウンと一緒に話の続きを待った。沈黙に浸っていたヨニが口を開く。

「もしかしたら、彼はずっと別れを切り出せなかったのかもしれません。ヒジェは誰に対しても嫌味ひとつ言えないし、拒絶もできない人です。来るもの拒まず去るもの追わず、なんですよね。自分の意志がまったくないみたいに見えました。私はそんなあの人のうわべじゃなくて、内面を満たしたいと思っていたんです」

恋愛は必ずしも幸せなことばかりではないとはいえ、ヒジェを愛せば愛すほどヨニは消耗していった。自分が深く愛したぶんだけ、彼にも自分を愛してほしいと願った。

ジウンはすっかり冷えきったお茶のカップにあたたかいお茶を注いだ。ヨニはカップを触り、唾を飲み込んで話を続けた。

「行くところまで行かないと終われなくて、ずっとしがみついていました。自分のプライドを守るとか、好きなのにそこまで好きじゃないふりをしたり、駆け引きしたりするなんて、私にはできませんでした。バカですよね」

ジウンは返事の代わりに、包み込むようなまなざしでヨニをじっと見つめた。

「ヒジェと愛し合った日々の思い出を消したいです。彼にとっても、あの日々はたしかに愛だったと思います。一緒に楽しく過ごした記憶が多すぎて、笑ったり幸せを感じたりするたびにヒジェのことを思い出しちゃうんです。だから結局、悲しくなってしまって」

私たちは愛を失ったとき、涙を流して痛みを感じる。しかしいちばん悲しいのは、幸せだった記憶のせいで相手を嫌いになれないことだ。だから、思い出を胸に抱いて生きていく。思い出の中の二人は、愛によって笑っている。


「さっき渡したTシャツを着て、消したい記憶を強く思い浮かべてみて。そうすると、だんだんシミが浮き上がってくるわ」

「浮き上がったシミはどうやって洗濯するんですか？」

「洗濯の方法はシミを見てから決める。洗濯機で落とせるシミもあるし、手洗いじゃないと落とせないシミもあるの」

「なるほど。わかりました」

ヨニは白いTシャツを着て、思い出を振り返った。頭を通したとき、Tシャツの襟ぐりにメイク汚れがべったりついた。めちゃくちゃくちゃくちゃだ。私が通った跡はすっかりめちゃくちゃだ。つらい心をさっぱり洗い上げてさらさらの心に着替えたかったのに、いきなりシミをつけてしまった。口紅の汚れをこすっていたら、ヒジェの服に自分のものではない口紅の跡がついていた日のことを思い出した。彼が他の女を抱きしめているのを見て、鉢合わせしないように身を隠した日々が頭をかすめる。ズキン、と胸が痛んだ。

「大丈夫。胸が痛むのは当然よ。精一杯がんばったってことなの」

「シミがまだらですね」

「シミはまだらに浮かんでくるものよ。誰の心にもこういうシミがあるの。私についてきて」

階段のほうへ向かうジウンのあとについていきながら、ヨニはシミの浮いたTシャツをぎゅっと抱きしめた。愛の痕跡は黒く焦げついたり、白い煙みたいになって蒸発したりするのかと思っていたが、浮かび上がったシミはぼんやりしている。ヨニはヒジェを抱きしめるかのように、愛した記憶を抱きしめた。

（よかった）

「え？」

「いえ、何でもありません。今は歩いて移動してますね？」

「うん。歩いて移動するクセをつけようと思って。手洗いのランドリールームに行きましょう」

ジウンの歩みは軽やかで優雅だ。

一階のカウンターテーブルの隣にある木のドアを開けると、別空間が広がった。白い壁で囲まれた部屋に落ち着いた色合いの照明がともり、まるで川辺の洗濯場のように澄んだ水がちょろちょろと流れている。あちこちに岩があり、鳥のさえずりも聞こえてくる。森に足を踏み入れたかのような雰囲気に驚いて、ヨニは両手で口を覆った。

「……すごい。ここってどうなってるんですか？　どうしてこんなところに小川が流せるんですか？」

「〈心の洗濯屋〉だからよ」

「魔法でも使ったとか？」

「魔法というほどじゃないけど、まぁそんなところね。すてきでしょう。昔、私が暮らしていた村もこんな雰囲気だったのよ」

微笑みを浮かべるジウンの表情がどこかさみしそうに見えるのは気のせいだろうか。ヨニは着ていたTシャツを脱いだ。

「この水で洗えばシミが消えるんですか？」

「そうよ。消すことのできるシミなら、洗っているうちに薄くなっていく。でも、消したくないと思ったら、途中で洗濯をやめてもいい。あなたしだいよ」

ジウンはヨニに白い石けんと洗い桶を渡し、おもむろにランドリールームを出ていった。ひとり残されたヨニは、Tシャツを手にしたまま迷っている。愛した記憶を消したらどうなるんだろう。愛が通り過ぎたあとには何が残るのかな。心のシミを消したいのに、消したくない。この相反する気持ちは何だろう。

「いちかばちかよ。悩んでないで、とりあえず洗ってみよう。こんなチャンスはもう二度とやってこないだろうから」

ヨニは決心したように唇を噛みしめた。着ている服のそでをヒジまでまくり上げ、洗い桶に水をくんでTシャツを浸す。その瞬間、目の前の壁がピカッと光り、さまざまな記憶が一気に頭の中をかけめぐった。

彼と初めて会った日のときめき。並んで歩いていたら指が触れ合い、約束していたみたいに手をつないだあの日。給料日に家の屋上で焼いたサムギョプサルの味。離れないようにお互いぴったりくっついていた日々。仕事帰りに彼が迎えにきてくれたこと。遅く起きた休日に一緒にインスタントラーメンを食べ、サンダル履きで近所のスーパーにアイスクリームを買いにいったこと。地下鉄でイヤホンを半分こして聴いた音楽。一緒にドキドキした日々。きらめく笑顔の数々。つらさを分かち合い、支え合った愛ある日々。さみしがって依存するようになったヨニをもてあます彼のため息。愛を失いたくないという執着心を握りしめた手。

ヨニが見たものは悲しみではなく、幸せだった。彼のそばで明るく笑って幸せを感じていた自分だった。

「私、本当に純粋な恋をしてたんだな……」

本当はヨニにもわかっていた。彼はもう私を愛していなかった。でも別れを切り出せずにいた。彼はくたびれていたが、さみしさに震えている私の元を去ることができなかった。彼の浮気に気づいたのに、私は見て見ぬふりをした。そうだった。二人でやってきたんだ。愛も、別れも、二人で一緒に。

別れを受け入れられず、ヒジェを憎むことを選んだ。会いたくて恋しいのに、私の元に戻ってきてくれないから。憎しみを言い訳に彼のことを考えていられるから。深く愛した記憶を手放すのが惜しくて、忘れていくのではなく憎しみを抱き続けた。それが自分をくたびれさせ、すりへらせていくと知りながら。心も使えば使うほどすりへって、新しい愛が入る場所が狭くなる。もうやめどきだった。いつかやってくるかもしれない、いや、きっとまたやってくる、次の愛のための場所を残しておかなくちゃいけない。

「ごめんね……。ありがとう。会いたいよ。それから……大好きだったよ」

流れる記憶のかけらを抱きしめて、ヨニは洗い桶からTシャツを取り出した。半分ほどの濃さになったシミが残っている。

いつの間にか隣に来ていたジウンがヨニの肩に手を置き、残ったシミの中から〝憎しみ〟と〝うらみ〟だけを消した。

「私、これ以上は消さないことにします。愛した記憶は全部とっておくことにします」

ジウンが去っていくと、ヨニは子どものように大声でわんわん泣いた。ヒジェと別れてから、こんなふうに泣いたことはなかった。ヨニの涙が小川に落ちるたび、きらりと光が跳ねる。水の流れが赤い花びらのつむじ風に変わり、ヨニを屋上へ運ぼうとする。

「二回目ともなると、見慣れてくるものね」

ヨニは涙を飲み込んでつむじ風に乗り、屋上に上がった。物干しロープの前へと歩いていく。一階から見上げたときは真っ白な洗濯物が干してあるように見えたが、そばでよく見るとシミが残っているものもある。これはいったい誰の服なんだろう？　誰かの洗濯物のあいだを通り過ぎ、ヨニは自分のTシャツをていねいに物干しロープにかけた。

ヨニはもうヒジェをうらまないことにした。さみしくて彼に寄りかかったが、恋愛でさみしさは癒されなかった。心が空虚になればなるほどヒジェにしがみつき、そのせいで彼はますます離れていった。彼の心変わりから必死で目をそらし、自分で自分を苦しめていた。愛も季節のように流れていくことを知らずにいた。春のあとには夏ではなく、冬がやってくることもあるということを。

それでも愛が終わって初めて、愛が残っていることを知った。愛した記憶は、今も私の中で力強く輝いている。忘れずに、大切にとっておくつもりだ。いつか人生に活気を取り戻したくなったら、鮮やかな記憶を美しい思い出として取り出そう。幸せだった私、輝いていたあの日の私、そして、あの頃の私たちを思い出せば、干からびた心にぬくもりが宿るだろう。やっと、本当に彼と別れられる。憎しみやうらみではなく、懐かしい思い出を大切に抱きながら。

シミの残ったTシャツを干すヨニの表情を見て、ジウンは彼女に近づいた。固く握りしめていたものを手放したときのおだやかさが感じられる。

「私は見た目より長く生きているの。だから言ってあげられる言葉はたくさんあるけど、言わないことにするわね。その代わりにプレゼントをあげる」

「私よりお若く見えますけど」

「うん、よく言われるわ。さあ、これを着て」

ジウンは、左胸に小さなハート型のシミがついたTシャツをヨニに渡す。

「このシミ、すごくかわいいですね」

ヨニはシミをじっと見つめ、着ている服の上からTシャツを着た。日光に当ててしっかり乾かした清潔な服を着たら、なんだか勇気が湧いてきた。人は誰でも、ひとりで立つ木なんだ。私も誰かに寄りかからずに、ひとりで立たなくちゃ。こんな勇気が湧いてくるなんて、本当におかしな夜だ。

「Tシャツを水に浸けたら、思い出がどんどん浮かび上がってきました。恋をしていた頃の私は本当に幸せそうに見えました。でもこれからは、誰かを愛しているときだけ笑顔になるんじゃなくて、私が私らしくいられることをいとおしく思って笑えるようになりたいです。だから、残りのシミは落とさないことにしました。つらい記憶もいい思い出もそのまま受け止めたいから。そして、誰よりも自分のことを好きになってあげたいです」

ヨニのかすれた声を聞いて、ジウンが言った。

「ただ笑えばいいのよ。幸せを感じているみたいに笑ってみて」

「幸せじゃなくても？」

「そうよ。人間の脳はとても単純なの。脳をだませばいいのよ。脳は、本当の幸せと偽の幸せを区別できないんですって。嘘でも笑えば、脳に幸せを感じさせることができるそうよ。脳を勘違いさせればいいの」

「え？　脳を勘違いさせる？」

「一度やってみて。幸せだと勘違いした脳は、あなたをまた笑顔にしてくれる。笑っている人のまわりにはいい人が集まってくるものよ」

ジウンは両手の人差し指で口角を押し上げ、笑い顔をつくってみせた。ジウンのまねをして、ヨニも二本の指で口元を引っぱり上げる。目は笑っていないのに口角だけが上がった二人は、目が合ったとたんにゲラゲラ笑い出した。

「ちょっと、オーナー。ちゃんとした笑い方を知らないんじゃないですか？」

「知ってるわよ。知らないのにこんな話をすると思う？」

二人は顔を見合わせてしばらく大笑いした。ジウンにとっても、笑ったのはかなり久しぶりのことだった。笑うってこんな気分だったのね。脳をだますのも悪くない。

「実はね、今日から私は笑うことに決めたの。人生がどこに向かっていくかは選べないけど、泣くか笑うかは自分で選べるでしょう？」

「嘘でしょ。オーナーみたいな人でも人生がどこに向かうかを選べないんですか？」

ヨニが驚いて言った。ジウンの顔からゆっくり笑顔が消えていく。

「選べたなら、今ここにはいないでしょうね。夜風が冷たいわ。そろそろ中に入りましょう」

ヨニはどこかさみしげなジウンの後ろ姿を抱きしめてあげたくなった。そのとき、ふとある言葉を思い出した。ポケットからペンを取り出し、Ｔシャツを脱いで文字を書く。

踊りなさい、
誰も見ていないかのように。
愛しなさい、
一度も傷ついたことがないかのように。
歌いなさい、
誰も聴いていないかのように。
働きなさい、
お金など必要ないかのように。

生きなさい、
今日が最後の一日であるかのように。

アルフレッド・D・スーザ

ヨニは書き終わるとまたTシャツを着て、この洗濯屋が好きだなとしみじみ思った。

「オーナー、待って！　私たち、ときどきここに遊びにきてもいいですか？」

「ここは洗濯屋なの。遊び場じゃないのよ」

「おひとりで働いていらっしゃるみたいだから、ジェハと私がお手伝いします。記念すべきオープン第一号のお客さんだし。焼酎を買ってきますね。あ、ワインのほうがいいですか？」

「私、お酒は飲まないの。そろそろ帰りなさい。明日も仕事でしょう？　この調子じゃ朝になるわよ」

「明日は休みなんです。でも今日はもう帰りますね。近々また一緒に笑いましょう」

希望。何だってできそうなワクワクした気分を久しぶりに感じる。ヨニはジウンに背を向けて微笑んだ。こんなにやすらいだ気持ちはいつぶりだろう。オーナーのことももっとよく知りたいな。ヨニはくるりと向き直って、ジウンに言った。

「あ、そうだ、オーナー！」

「何？」

「オーナーが昔、暮らしてた村ってどんなところなんですか？」

「あなたとジェハってすごく気が合うんでしょうね」

「はい！　やっぱりわかります？」

「二人とも本当に質問が多いもの。余計なことを聞かないで、もう帰ってちょうだい。私、疲れたわ」

今度はジウンがヨニに背を向けて、窓の外を見つめた。腕を組み、立ったまま眠るように目を閉じる。ジウンの眠りをさまたげないように、ヨニとジェハは静かに店を出た。

「患者さん、聞こえますか？　聞こえたら、まばたきをしてください」

ウンビョルは周囲のざわめきで目を覚ました。パチ、パチ。長いまつ毛に覆われた目をゆっくりと開け閉めする。重苦しい時間が流れた。ふたたび目を閉じ、深い眠りについたように寝息を立ててみせた。

病室に入ってきた二人の看護師がウンビョルに気づき、ひそひそ話を始める。

「あっちで寝てる女の子って芸能人？　どこかで見た顔ね」

「テレビにも出てるけど、ほら、インフルなんとかってやつよ。インスタのフォロワーがものすごく多いセレブ」

「あぁ、インフルエンサーか。どれぐらいフォロワーがいるの？」

「こないだ見たときは100万ぐらいだったけど、また増えてるかも。実は私もフォローしてるんだ。見る？」

「別にいいよ。なんでまた睡眠薬を飲んだの？」

「わかんない。私があの子だったら、神様に感謝して生きるけどな。何カ月か前にも運ばれてきたよね」

「うん。うちの病院だけでも二回目だか三回目だか。二十三歳でしょ。まだ若いのに……。あのときは家族が全員駆けつけて、泣きわめいて大騒ぎだったんだから」

「この前、あの子が販売してたコスメに有害成分が入ってたって記事が出てたでしょ」

「見た気がする。何だったの？」

「ナチュラルコスメが売りだったのに成分が違ったみたい。肌が荒れたっていう苦情のコメントが殺到したらしいよ。アンチアカウントまでできたんだって」

「えーっ。成分をごまかしてコスメをつくったってこと？」

「つくったわけじゃないと思うよ。手数料をもらって、どっかの商品を売っただけでしょ。謝罪文をアップして、自腹で返金して、反省のために保護犬のボランティア活動をしてたよ。いいなぁ、私もそんなふうに生きてみたい。あっ、コール来た」

「行こう。写真撮って、まだ寝てるってストーリーにアップしてみる？」

「やめなよ。こないだ新人がそういうことして訴えられてクビになったばっかりでしょ。もう忘れたの？　目を覚ます前に行こう」

「そうよね……。行こう。それにしても、寝顔まできれいなのね。うらやましい」

二人の看護師が病室を出ていく。ドアが閉まる音を聞いて、ウンビョルは目を開けた。

また始まった。

もううんざり。また失敗だ。生きてる。睡眠薬って、いったい何錠飲めば死ねるわけ？　ため息をついてまばたきし、また目を閉じた。今頃、記事が出て大騒ぎになってるだろうな。もうたくさん。ふとんを頭までかぶって、ウンビョルは思った。この苦しみをすべて終わらせたい。

また朝だ。寝室に時計はないが、自然に目が覚めた。不眠症の改善には静かな環境を維持することが大切だと聞き、秒針の音が気になる時計を片づけて、寝室の家具を最小限に減らした。だからって、不眠症が解消されたわけじゃないけれど。

「うっ、アタマ痛い……。スマホはどこだろう」

睡眠薬を飲んで眠ると、目を覚ますたびに頭が割れそうに痛む。体が慣れたせいか、いまや一錠では効かない。一錠飲み、なかなか寝つけなくてもう一錠。それでも眠れなくてもう一錠。ひと晩中、何錠も睡眠薬を飲んでぐっすり眠る。眠れないまま夜を明かすより、薬を飲んで寝たほうがましだから。それにしても頭がすごく痛い。

「今日は何をアップしようかな。そうだ、スマホ……」

ベッドに沈んでしまいそうなほど体が重く、まともに目も開けられない。サイドテーブルの上を手探りしてスマホをつかむ。アイマスクを外し、片目を無理やりこじ開けてインスタグラムのアプリを開いた。フォロワー数と〝いいね〟の数、コメントをすばやくチェックする。ネット上のウンビョルは美しく幸せで元気な、時代のアイコンだ。

「〝いいね〟が30個しかついてない。昨日アップした写真は3万いってるのに。あーあ、何がいけなかったんだろう。こっちはPRだから、〝いいね〟とコメントをいっぱいもらわなきゃいけないのに。まいったな」

毎朝〝いいね〟の数に一喜一憂する。〝いいね〟の数は命綱みたいなものだから。不安になったときのクセで、つい爪を噛んでしまう。


189万人ものインスタフォロワー数を誇るセレブ・インフルエンサー。それがウンビョルの肩書きだ。十代の頃にモデルとしてデビューした彼女は、水しか口にしないという極端なダイエットで一カ月に十キロ減量し、体を壊したことがある。その後、きちんと運動をして正しい食生活を続け、読書でメンタルについて学んでいく過程をインスタグラムにアップして十代〜二十代女性の心をつかみ、一躍有名人になった。一瞬にして〝アカウントがバズった〟のだ。スタイリッシュで魅力にあふれ、自分の意見をはっきり言うウンビョルの一挙一動すべてが話題になった。

爆発的な人気を得て、広告のオファーが殺到する日々が新鮮で楽しかった。もっとお金を稼ぎ、〝いいね〟をたくさんもらうために注目されそうなコンテンツをアップした。ハイブランドの服やバッグ、靴、きらびやかな空間と外車の協賛を受け、誰もが名前を知っているブランドのファッションショーにも招待された。彼女が写真をアップするだけで注目が集まり、話題はまた新たな話題を呼んだ。記者は彼女に関する記事を書きまくった。ウンビョルのインスタグラムアカウントは日が経つにつれて華やかになっていった。

ネット上では社交的な暮らしを送っていたが、実生活で心を通わせる友達はいなかった。ウンビョルには同年代の友人をつくる機会がなかった。モデル活動を始めて高校を中退し、インフルエンサーになってからは年上の大人たちと仕事をするようになった。キラキラしたものに囲まれて生きていたが、ひとりになると気持ちが沈んだ。有名になって大金を稼ぎ、とても華やかに生きているのにとてもさみしい。オフの日やひとりのときは、暗い部屋でぼんやり涙を流した。それでも大丈夫だと思っていた。私には家族がいるから。

(私には家族しかいない。家族さえいれば十分よ)

三人きょうだいの長女であるウンビョルが稼いだお金で、一家は2DKのマンションから江南《カンナム》エリアにある五十坪の高級マンションに引っ越した。子どもの頃はフライドチキンが食べたくても親に負担をかけそうで言い出せなかった。お金さえあれば、両親がケンカする姿を見なくて済むのに。親の顔色をうかがったり、弟や妹の耳をふさいだりしなくてもいいのに。賃貸の家を出て、マンションさえ買えたら幸せになれると思っていた。そうすれば、家族みんなが幸せになれると思っていた。それなのに……。

「ウンビョル、デパートのVIPなんとかってあるじゃない？　お金持ちの奥様がデパートの特別な部屋でコーヒーを飲むやつ。プラチナだかブラックだか、あれ、ママもやってみたいのよ。ちょっとカードの限度額を上げてくれない？」

「パパはな、新しい事業を始めようと思ってるんだが……」

「姉貴。俺、ユーチューブ始めることにしたから機材買ってよ。そんで、最初は姉貴が出てくれない？」

「お姉ちゃん、グッチの新作バッグ、買ってもいいよね？」

家族はウンビョルの顔さえ見れば、お金のかかることを頼んできた。ウンビョルが大金を稼ぐようになる前は、デリバリーのフライドチキンすら譲り合って食べる幸せな一家だったのに。どうしてこんなふうになっちゃったんだろう……。エスカレートしていく要求を断ろうとすると、家族はよってたかってウンビョルを責めた。

この世でいちばん身近な家族を失うのが怖くて、ウンビョルは彼らの要求を満たすためにもっと稼げる仕事を探した。そして、ファッションアイテムやダイエット食品、コスメ、デジタルデバイスなどの共同購入をＰＲするインフルエンサーマーケティングを数カ月前から引き受けるようになった。そんななか業者の言葉をうのみにして、安全性テストが実施されていない商品であるとは知らずにナチュラルコスメを販売した。ウンビョルを信じてコスメを購入したフォロワーから、肌の赤みやかゆみ、炎症や出血が起きたというクレームが相次いだ。アンチアカウントがつくられ、ウンビョルは被害者に訴えられた。怖かった。ウンビョルは訴状を受け取るやいなや、母親に電話をした。

「ママ。あのね、私……」

「あら。今、ゴルフ場にいるのよ～。カードの限度額、上げてくれた？　あとでみんなにランチをごちそうすることになってるんだけど」

「ママ、ゴルフ場でランチしてる場合じゃないのよ。私ね……」

「ちょっと一回切るわね。ママが打つ番だから。忘れずに限度額を上げておいてちょうだい」

ため息をついて、父親に電話をかけた。初めての炎上騒ぎがとても怖かった。リアルタイムで自分を非難するコメントが書き込まれ、インターネットニュースにも誹謗中傷のコメントが殺到した。売り上げの三十パーセントを報酬として支払うと気前のいいことを言っていたコスメ会社の社長は、すぐに行方をくらましました。恐ろしかった。世界中の人に責められているような気分だった。

「パパ。私ね……」

五回目の電話でやっと父親につながったが、いきなり怒鳴られた。

「ウンビョル！　インターネットで大騒ぎになってるじゃないか。何をしたんだ！」

「だからそれは……」

「今日は健康食品事業の立ち上げの日なんだぞ。こんな記事が出たら台無しじゃないか！　すぐ謝罪文の写真を公開しろ。ご迷惑おかけして申し訳ありませんでした、って」

「……」

ウンビョルは何も言わずに電話を切った。とりあえず謝罪文をアップしなきゃ。それから返金をして……。あとは何をすればいいんだろう。顧問弁護士にメッセージを送り、鳴りやまないスマホを見ながらぐっと唇を噛みしめて電源を切った。私もスマホの画面から消えてしまいたい。紙のように華奢な体にフィットした派手な服を脱ぎ、白いコットンポプリンのパジャマに着替えた。のろのろとドレッサーに向かう。ためこんだ睡眠薬のびんを引き出しの奥から取り出して握りしめた。この苦しみを終わらせて。どうかお願い。

「ゲホッ、ゲホッ……。あぁ、アタマ痛い。どうしてこんなに痛いの。そもそも、ここはどこなのよ。私、なんで車に乗ってるんだっけ？」

ウンビョルは咳き込みながら目を覚ました。運転席の横に置かれたミネラルウォーターを飲み干して、渇いたのどをうるおす。やっと頭が回ってきた。倒れたシートを起こして、車の外を見た。ここはどこなんだろう。ふらつきながら車を降りる。

病院で目を覚ましたところまでは覚えているが、車を運転した記憶はない。身をかがめてサイドミラーで自分の姿を確認した。メイクをして真っ白なツイードスーツを着ている。まっすぐに立って運転席のガラス窓に上半身を映してみると、ヘアセットまで完璧だ。サロンに寄ってから、ファッションショーでも見てきたみたいな感じね。でも、なんで知らない町にいるわけ？　うー、頭が痛い。いつもの痛みだが、いつまでも慣れない。苦しさや痛みはいつになったら消えてくれるのだろう。左手で頭をさすりながら、あたりを見まわした。

「すごい……！　こっちは海で、あっちは街。海と街がこんなに近いなんて。わぁ〜」

久しぶりにまったく知らない都市の風景を見て、感嘆の声を上げた。こんなふうに海を眺めるのはいつぶりだろう。さわやかな海風が頰をかすめ、思わず目を閉じた。平和だ。両腕を広げて風を感じる。何だろう、この新鮮な気分。初めて見た風景なのに、どこか懐かしい気分。濃い霧と白くかすんだ空さえ心地いい。息を大きく吸い込む。やわらかな湿気を感じた。

「海の匂い……。生き返るなぁ」

吸い込んだ海風の匂いをかぎながら足を踏み出したが、石につまずいてよろめきながら元の位置に戻ってしまった。九センチのハイヒールを脱いで裸足になる。ふくらはぎのコリを感じながら、両手に一つずつ靴を持って車に戻った。トランクを開けてハイヒールを適当に投げ込み、シューズボックスの中からスニーカーを取り出した。衣装に合わせて靴を履き替えられるように、トランクには靴がぎっしり詰まっている。

睡眠薬の副作用で、どうやら幻覚と夢遊病が再発したみたいだ。モデル時代からひどい不眠症に悩まされ、十五分で寝つける喜びを覚えて睡眠薬を常用してきた。しかしだんだん一錠では眠れなくなり、量を増やしたいと言うたびに医師から副作用について警告された。ウンビョルは警告を無視して病院を変え、睡眠薬を集めた。お酒よりましよね。寝なきゃ働けないし。写真を撮って、お金を稼がなくちゃ。薬を飲まないと、蚊のブンブンいう音が聞こえてきて眠れないのよ。


「それにしても、ここってホントにきれい。この世の果てに来たみたいな気分。こんな高い丘から海を見下ろせるのね。写真を撮ってアップしたら〝いいね〟がいっぱいもらえそう。旅行コンテンツをつくってみようかな。あれ、スマホの充電が切れてる。充電器はどこにいっちゃったのよ。大事な電話とメッセージがいっぱい来てるだろうな。うわ、アタマ痛い……」

スマホを充電できる場所を探そう。充電器って借りられるかな。写真を撮るなら服も着替えなきゃ。近くに服が買えそうなお店があればいいんだけど。ジャケットを着替えたら、別の日に撮った写真に見えるよね。いろいろな考えが一気に押し寄せてきた。一日でも写真をアップしなかったらフォロワーが減りそうで怖い。楽しさや喜びではなく、強迫観念や不安にいつしか慣れきっていた。現実の私は生きていても楽しくないのに、正方形の画面の中では楽しんでいなくちゃいけない。

どこであれ、楽しそうに見えてるならそれでいいんじゃない？　むなしさに襲われるたびにそう考えた。そうでも思わないと、不安に押しつぶされそうだから。撮影のない日はいつも暗い部屋で泣いている。レンズの外の私は真っ暗闇だ。カメラがオフになると、消えてしまいそうな気分になる。カメラがオンになると、また私は生き返る。何が問題なのか知りたいけれど、知るのが怖い。自分の役割を忠実に果たしていれば、何とかなるんじゃないかな。それはそうと、仕事をしなきゃいけないんだけど。

「どこかで服を買って、インスタライブをやらなきゃ。ライブができそうな静かなカフェはないかな。町内をめぐってみよう。とりあえず、おいしいコーヒーが飲みたいなぁ。濃いアイスコーヒーを飲んですっきりしたい。探してみましょ～」

ひとりで過ごす時間に慣れた彼女は、いつものようにひとりごとを言いながら歩き出した。なぜか居心地のよさを感じる町内には素朴で端正な住宅が並んでいる。玄関先の小さな植木鉢を眺めながら歩く。こんな町にカフェなんてあるかしら。

ちょうどそのとき、真っ黒なロングヘアをきちんと結び、赤い花が描かれた派手なワンピースを着た女が通り過ぎた。あ、あの人なら知ってるかも。聞いてみよう。目が合った。

「あの〜。すみません、この近くにカフェとか洋服屋さんってありますか？」

「カフェ？　このへんにはないわね。坂の入口のほうまで下っていかないと。この町は初めて？」

「あ……はい。道に迷っちゃったみたいなんですけど……。服を着替えてライブをしなきゃいけなくって」

「ライブ？」

「……私のこと、ご存じないですか？」

「えーっと、誰かしら？」

「あっ、インスタやってらっしゃらないんですね。アハハ。私、広告にも出てるんですよ」

人に知られていることに慣れたウンビョルは、女の言葉を怪しんだ。どうして私に気づかないんだろう。わからないふりをしてるのかな。美しく小さな唇をすぼめて考えた。ジウンはウンビョルの考えを読み取って言った。

「インスタが何なのかはわからないけど、やっていないわ。私はラジオを聴くの。テレビも見ないし」

「うわ、すごい。ラジオを聴く人ってまだいるんですね。ホントに私のこと、知らないんですか？」

「知らない。あとで調べてみるわね。名前は？」

「ウンビョルです。検索したら、いっぱい出てきます！」

「そう。見てみるわ。ところで、服が必要なら貸してあげましょうか？　洋服屋じゃないけど、私はクリーニング屋をやってるの」

「ホントですか？　超助かります！　貸していただけたら、帰ってからきれいに洗濯してお送りしますから。もしかして、スカートのアイロンがけもお願いできたりしますか？」

「できるわよ。ちょうど今から店を開けるところだったの。ついてきて」

「はい、お姉さん！　お姉さんって呼んでもいいですよね？　私、二十三なんですけど、私よりお姉さんですよね？」

ジウンは答える代わりにうなずいた。ウンビョルはジウンの腕に自分の腕を回しておしゃべりを始めた。この人と目が合った瞬間、心の中にある言葉をすべてぶちまけたくなった。本音を打ち明ける機会がほとんどないからだろうか。初めて会った彼女の深い瞳に吸い込まれるかのように、心が武装解除されて、感情が丸裸になる。

ジウンは明け方にウンビョルの車を目にしていた。帰宅しようと洗濯屋を出たとき、赤いスポーツカーが爆音を響かせながら滑り込んできて急停車した。ヘッドライトがまぶしくてジウンは顔をしかめた。こんな時間に非常識ね。すぐに車のエンジン音が消え、ぼんやり運転席に座って涙を流す女が見えた。生きる意志を失ったようなあの目。見慣れた目だ。花びらを迎えにいかせようかと迷ったが、やがて眠り込んでしまった彼女が自然に目を覚ますまで待つことにした。

数時間後、ウンビョルが車から出てきた。ジウンは彼女のそばをわざとゆっくり通り過ぎた。羽の折れたひな鳥のようにさまよっているのに、この子はカフェと洋服屋を探している。普通なら、おなかがすいてコンビニや飲食店を探すものではないだろうか。いや、まずはここがどこなのかを聞くんじゃないだろうか。この子にとって重要なのは、食事でも現在地を把握することでもないのだ。生存。生存のための行動。まるで抜け殻のようなこの子は、生きるために羽ばたきをしている。

人生における偶然はときに必然だ。その瞬間に出会うことになっているから出会い、そこに行くことになっているから行く。あの子は今、私のところに来ることになっているのね。キラキラ輝く赤いスポーツカーを見ながら、ジウンはウンビョルが〈心の洗濯屋〉の三人目のお客さんになることを確信した。

「そういえば、お昼は済ませたの？」

「いいえ。でも、大丈夫です！　私、ダイエットのために一日一食しか食べないようにしてるんです。7号サイズをキープしなくちゃいけないから。じゃないと、服を着こなせないんですよね」

「私も少食なほうなんだけど、今日はおなかがすくわ。あとでキンパでも一緒に食べない？　すぐそこにキンパを売ってる食堂があるの。味はまぁ……悪くはない……かも」

ジウンは人を食事に誘っている自分に少なからず違和感をおぼえた。誰かと一緒に食事をするのは気まずい。食べながら会話を交わすというのは、人生を分かち合い、相手との距離を縮める行為ではないだろうか。それなのに、思わずウンビョルに食事をしようと言った自分に驚いた。

「そこってトッポギもあります？　トッポギ食べたいなぁ」

「あるわよ」

「ホントですか？　わぁ〜。私、トッポギ大好きなんです。お姉さんは小麦餅と米餅、どっち派ですか？　私はどっちも好きなんですけどね。真のトッポギラバーは、小麦か米かにこだわりませんから。でも、太るからってママに禁止されてて、ずいぶん長いこと食べてません。最愛の食べ物なのに……！」

トッポギを食べることを想像して、ウンビョルはいつになくうきうきした気分になった。目を輝かせながら、ジウンのあとをついていく。小麦餅か米餅かは重要じゃないのよね。この世のトッポギはすべて正しいんだから。スンデ〔豚の血を使った腸詰め〕も注文してトッポギのソースをたっぷりつけて食べよっと。キンパも食べなくちゃ。そうだ、天ぷらもあるかな？　ヤバい、うれしすぎる！　久しぶりに気分が弾んではしゃいでいたら、クリーニング屋の前に到着した。

「きゃ〜。お姉さん、クリーニング屋ってここなんですか？　世界の果てのカフェって感じ！写真で見たアイルランドのカフェみたいです。この花は何ていう名前ですか？」

「ノウゼンカズラ。夏にしか咲かない花なんだけど、めずらしく今日咲いたのよ。いつもは赤いツバキが咲いてるわ」

「今ってもう秋ですよね？」

「秋だけど、ここでは咲くこともあるのよ。あとで説明してあげる」

「お姉さんってすごい人なのね……！」

スマホの充電さえできれば、ここでライブをしてもいいかもしれない。カフェみたいにきれいだし、くつろげそうな空間だな、とウンビョルは思った。白い霧が立ち込める町のてっぺんに、神秘的な雰囲気が漂っている。花とツタに囲まれたエントランスがすてきだなぁ。照明もいいし、眺めも最高。ウンビョルははしゃいだ。まるで高校生のように目を輝かせる。昨日までは死にたいほどつらかったのに、今はこんなに楽しくていいのだろうかと思っている自分が不思議だった。こんなに明るい気分になれたのはずいぶん久しぶりだ。

何もかもが不思議な一日だ。あのお姉さん、ほとんどメイクしてないみたいに見えるのに、どうしてあんなにセクシーで魅力的なんだろう。どんなケアをしてるのか聞いてみなくちゃ。ウンビョルはジウンに話しかけた。

「お姉さん、ここってものすごくすてきですね。こんなにきれいなクリーニング屋さん、初めて見ました」

「きれいでしょう。好きなところに座って。店内を見てもいいわよ」

「やったぁ。こういう空間、大好きなんです。ライブ告知のストーリーを上げなきゃ。あ、そうだ、スマホの充電器ってありますか？」

「うん、こっちで充電してあげるからスマホをちょうだい。コーヒーはないけど、お茶を淹れるわね。お茶で大丈夫？」

「はい！　ありがとうございます」

ウンビョルは拝むように両手を胸の前で合わせると、好奇心いっぱいの瞳で店内を見まわした。とても日当たりがよくて、あたたかい。幸せでやさしい記憶を呼び起こすような、さわやかな洗濯物の匂いが漂っている。小さい頃、お母さんに抱きしめてもらったときみたいな香り。そうだ、ところでここはどこなんだろう。それを聞くのを忘れてた。


ギーッ。

大きな木のドアが音を立てて開き、男が入ってきた。男はウンビョルのいる方向をちらりと見て会釈したあと、その場からジウンに向かって大声で話しかけた。

「オーナー、仕事が終わったら、あとでワイン飲みませんか？」

「あら、ジェハじゃない。ヨニには言ったんだけど、私、お酒は飲まないのよ」

「あんなにいいものをなんで飲まないんですか？　ほろ酔いのときって、人生がすげぇ楽しくなるのに！　とりあえず缶ビールから始めましょうよ。ビール、焼酎、マッコリ、ワイン、ウイスキー。一杯ずつ飲んで、どれが合うかテストするんです。どうですか？」

「そんなにあれこれ飲んでどうするのよ。あなた、広告代理店を辞めて、お酒の会社にでも転職するつもり？」

「やべぇ。今、魔法使いました？　俺、今日面接を受けにいくんですよ。転職しようと思って、正社員を募集してる会社に書類を送ってたんです。でも、やっぱり専攻を生かすことにします。みんなにまたいろいろ言われたくないし。陰であれこれ言われるのはうんざりなんで。俺、ＣＭの仕事を続けます！」

「そこまで専攻にこだわらなくてもいいんじゃない？　自分の人生なんだから、自分の心にしたがわなくちゃ。やりたいことをやればいいのよ」

「いや〜、マジでオーナーには隠しごとできないな。白状してくださいよ、読心術を使ってるでしょ？」

「ふふっ……。映画を撮って、広告代理店に入って、正社員として採用してくれる会社に転職したからって誰も何も言いやしないわよ。何か言われたとしても別にいいじゃない。自分の人生なんだから。入社してから合わないと思ったら、また別の仕事をすればいい。まわりの目を気にしないで、自分がやりたいとおりにやりなさい。正解だと信じれば、それが正解になるの。他の人は関係ない。それで大丈夫だから。それに、他人はそこまであなたに興味ないわよ」

「そこまであなたに興味ない、って……。厳しいなぁ。実はソムリエの資格を取って、ワイン会社の面接を受けているところなんです。なんでわかったんですか？　いつもは焼酎を飲んでるから、俺がワインなんてって思ってたんですが、偶然ワインの試飲会に行く機会があって、ソムリエの講習会に参加したんです。講師は韓国初のソムリエで、白髪の七十代半ばくらいの方でした。苦労人で、ホテルのベルボーイから始めてレストランに就職して、ウエイターを経てソムリエになったそうです。その先生の目を見たとき、全身がぞくぞくしました。俺もあんなふうにきりっと凛々しい目の大人になりたい、あの先生と同じ道を歩みたい、と思っていきなり始めたんですけど、けっこうおもしろくて学びが多いんですよね」

ジェハが指揮者のように両腕を振り回しながらまくしたてた。ジウンはその姿を見て笑い、ウンビョルにも微笑みかけて、ジェハが立っているドアの前に向かった。夜までしゃべり続けそうな勢いのジェハを見送るためにドアを開け、ポンポンと背中を二回叩いた。そろそろ行きなさいという合図だ。

「全部わかってるわ。あとでヨニと一緒にいらっしゃい。お酒は飲まないけど、カップぐらいは貸してあげるから。お茶のカップでワインを飲んでも大丈夫よね？」

「えっ……。グラスがめっちゃ肝心なんですよ！　グラスも俺が持ってきますね。またあとで会いましょう。へインっていう友達がいるんですけど、一緒に連れてきてもいいですよね？　あ、〈ウリプンシク〉でちゃんと昼ごはん食べてくださいね。お客さんも。じゃあ、面接行ってきます！」

着慣れていない小綺麗なスーツを身にまとい、真新しい革靴を履いたジェハからは、緊張がありありと伝わってくる。その手には、酒類製造会社の封筒が握られている。一次面接のときにもらった会社案内を大事に抱えて、二次面接に向かうところだ。ジェハとジウンの会話を聞きながら、ウンビョルもつられて笑顔になった。不思議な空間だ。入った瞬間から心が弾み、思わず顔がほころんでしまう。笑っている人のそばにいると笑いたくなって、泣いている人のそばにいると泣きたくなるものだと言うけれど。クリーニング屋だからなのか、ここは妙に居心地がいい。

（この町の人って、いい人ばかりなのね）

それはそうと、スマホの充電はあとどれぐらいかかるんだろう。夜になる前にライブをしなきゃいけないんだけど。車から高速充電器を取ってきたほうがいいかな。

「お茶を飲んで。充電は順調よ。もう少しだけ待っててちょうだい」

「お姉さん、ホントに読心術が使えるんですか？　どうして私が考えてたことがわかるんですか？　ヤバい。ところで、この町の人ってみんな仲よしなんですね」

ウンビョルはお茶の入ったあたたかいカップを受け取った。唇がやけどするほどの熱さではなく、ほどよくあたたかい。思っていた以上においしくて目が丸くなった。ジウンはお茶が減っていくのを見届けると、ウンビョルに白いTシャツを渡した。それから、カウンターテーブルの内側にある椅子に座ってウンビョルと向かい合い、静かに口を開いた。

「ここはただのクリーニング屋じゃないの。〈心の洗濯屋〉よ。心についたシミを落としたり、シワにアイロンがけをしたりするところ。ウンビョル、あなたにも消したいシミやシワがあるなら、私が力になってあげられると思うわ」

「心の……洗濯？　そんなことができるんですか？」

「できるのよ。ここは、この世にひとつしかない〈心の洗濯屋〉なの。あなたがここに引き寄せられたのは、必然的な理由があるからだと思う。私の名前はジウン。心の傷の治癒となぐさめが必要な人々をここで癒す仕事をしているの」

ウンビョルがただでさえ大きな目をいっそう丸くして驚くのを見て、ジウンはいつもよりていねいに自己紹介をした。

心の傷を治癒したいと願い、自分をさらけ出せる人は勇敢だ。たいていの人は、心の傷が膿んでいる。膿んでいることにも、痛みにも、気づかずに生きている人がほとんどだ。ひどい傷を一つか二つ癒すことができれば生きるのが楽になるということを知らずに生きている。ジウンは、はてしない歳月にわたって癒し茶を淹れ、傷ついた人をもてなしてきた。相手の話を聞き、心を軽くさすってあげた。それだけでも、彼らはやすらかに生きられるようになった。そして今、目の前で震えているこの子も癒しを必要としていることがわかる。

「決めるのは自分よ。忘れたい心の傷があるなら、そのTシャツを着て、目を閉じてゆっくり思い出してみて。そうすると、Tシャツにシミが浮かんできたり、シワがよったりするの。傷を消したいなら、二階に上がって私にTシャツを渡してくれればいい。消したくないと思ったら、Tシャツは置いていってもいいし、持ち帰ってもいいわ。あなたの好きなようにして」

ウンビョルはぽかんと口を開けて、しばらくTシャツを見つめていた。それから二階へと階段をのぼっていくジウンの後ろ姿を見て、Tシャツを着た。

（あのお姉さん、ホントに読心術が使えるのかな）

見知らぬ町、見知らぬ一日。本当に奇妙な日だ。夢を見てるのかな。雲のように霧が立ち込めるこんな日は、何が起きても不思議じゃないのかもしれない。いちばん不思議なのは、今、私が生きたい気持ちになってるってこと。

生きたい。
消すことのできる心のシミを消して、
生きていきたい。

「ねぇお姉さん、私がいちばん消したいことを消したら……人生がすっかり変わっちゃうんです。そうなってほしいし、すごくつらくてもうやめたいとは思ってるけど……また何か新しいことを始められるのかなって心配なんです。華やかじゃない、素顔の私を受け入れてもらえなかったり、好きになってもらえなかったりしたら、どうすればいいですか？　うちの家族は私がいないと誰もお金を稼げないのに、どうやって暮らしていけばいいんでしょうか」
ウンビョルは、右すそを結んでクロップド丈にしたTシャツ姿で二階に上がってきた。ジウンは窓際に立っている。ウンビョルは、その後ろに置かれた椅子にすとんと座った。澄んだ水のように正直で、相手の警戒心を解く魅力を持った子だ、とジウンは思った。疑わず、計算せず、見たままに相手を信じてしまう子。情に厚く、人好きであることがひと目でわかる。ここが〈心の洗濯屋〉だと聞いても疑うことなく、真剣に自分の心の傷について悩んでいる。

他人の心のシミ抜きについて口出しはしない、というのがジウンのルールだ。でも、ルールというものは破るためにあるのではないだろうか。ルールが崩れたら、またつくり直せばいい。ジウンは今回を最後の人生にしようと決心して以来、心のおもむくままに生きることにしていた。あの子の心の痛みがどうしてこんなに気になるのかしら。ひょっとしたらこれまでの人生で縁があったのかもしれないと思ったが、いくら考えても思い当たるふしがない。

「あなたのことをよく知らない人に自分をわかってもらおうとするのはやめなさい。自分のことって、自分でもよくわからないんじゃないかしら？　私だって自分のことを理解できそうにないわ」

「お姉さんもそうなんですか？　何でもわかってるみたいに見えますけど」

「見えるものがすべてじゃないのよ。見えるものは、ただ単に自分が見たい姿に過ぎない。あるいは、人が周囲にそう見せたいと思っている姿だったりね。インターネットであなたを支持している人たちとは親しいの？」

「いいえ、ほとんど知らない人です。私、本当はおしゃべりが好きなんですけど、モデル活動を始めてから学校に行けなくなって、友達とは連絡を取り合わなくなりました。今、会ってる人たちは友達っていうより、お互いに必要だから会う関係っていうか。ふと気づいたら、すごく孤独になってたんです」

「他人の目を気にして、孤独に生きるのはつらいわよね。大変だったでしょう」

「……つらいです。本当は……ものすごくつらいんです」

ウンビョルは張り詰めていた糸がぷつんと切れたように泣き出した。つらい。もう全部やめちゃいたい。本物の友達をつくりたい。盛れてる写真をアップするんじゃなくて、イケてない自分もそのまま見せられて、つらかったことやうれしかったことを話せる、そんな友達をつくりたい。

わんわん泣くウンビョルを見て、ジウンは安心した。泣くのよ。悲しいときは泣かなくちゃ。それでいいの。

「気が済むまで泣くといいわ。ここには誰も来ないから安心して」

「お姉さん、私すごくつらいです。インフルエンサーとして生きてきた日々を全部消したい。この人生そのものがシミなんです」

そう言って涙を流すウンビョルのTシャツに濃いシミが浮かび、シワがよっていく。シワにはアイロンをかければいいし、シミは洗って落とせばいい。でも、つらくて悲しい気持ちはとことん泣かないかぎり解消されない。

「これまで、悲しいときに声を上げて泣いたことはあった？」

「いいえ……」

「腹が立ったときは怒りをぶつけた？」

「怒りをぶつけるって、どうやって……？　誰に？」

「腹の立つ相手にぶつけなきゃ。悲しいなら泣いて、腹が立ったら怒って、うれしければ笑うの。それが生きるっていうこと。つまらないときは退屈そうな顔をしたっていい。それが自然なのよ」

「でも、私は写真をたくさん撮られるんです。へんに怒ったりしたらSNSにアップされて、記事を書かれるかもしれないし……」

すすり泣きながらしゃべっていたウンビョルの泣き声が少しずつ小さくなっていく。

「写真を撮られたからって何よ。記事になったって別にいいじゃない。大丈夫。誰にでもミスはあるものよ。何の失敗もせずに生きることなんてできないわ。人間なんだから」

「失敗しても大丈夫なんですか？　ホントに？」

「あたりまえでしょ。失敗したっていいの。自分が間違ってたなら謝ればいいし、誰かに謝罪されたら受け入れてあげればいい。元どおりにならないなら、それを受け止めればいい。いつも完璧に生きることなんてできないわ。さまよって、揺れて、失敗して、落ち込んで、それでもまた立ち上がってバランスをとる。それでいいのよ。大丈夫」

ジウンはウンビョルの肩をポンポン叩いた。泣きやんだ彼女はジウンの手を両手で握り、ジウンはそんなウンビョルの目をやさしく見つめながら話を続けた。

「他人の目は気にしなくていいから、自分をいたわってあげてね。つらいときはすてきなところを旅して、おいしいものを食べてストレスを解消して、自分のために生きることから始めてみるの。そうすると、意外と人生って美しいものよ。生きてるのも悪くないなって思える」

「生きてるのも悪くない……。実は私、もう生きるのがいやになってたんです」

「そういうこともあるわよね。私も、これ以上生きていたくないなって思うことが多かった。でもね、生きたくないと感じる瞬間も生きてきたの。生きているから生きるのよ。生きていればささいなことで笑えることもあるし、笑えばまた生きられる気がしてくる。不思議でしょ？」

「生きていたら……笑える……んですか？　私もそんなふうに生きられるでしょうか」

「うーん、それは今のあなたのほうがよくわかってるんじゃないかしら？　それに、自分を失ってまで守るべき人間関係はないのよ。たとえそれが家族や愛する人だとしても。あなた自身より大切なものはないわ」

ウンビョルはその言葉を聞いてうなずき、脱いだTシャツを両手で大切そうに持ってジウンに差し出した。

「今から、あなたが一度も見たことのない美しい光景を見せてあげるわね」

ジウンは軽く丸めた右手を開きながら前へと伸ばした。赤い花びらのつむじ風が巻き起こり、ウンビョルのTシャツを洗濯機へと運んでいく。まるでホタルが道をつくるかのように花びらが輝き始め、Tシャツは光と花に包まれながら洗濯機の中に入っていった。ウンビョルは悲しみを忘れて花びらの饗宴《きょうえん》を眺めた。洗濯機がくるくる回り出すと、太陽が輝くように光が広がっていく。

「私はこの瞬間がいちばん好きよ。シミの浮き上がった洗濯物がくるくる回るのを見るとき。心の傷は光や美しい花になることがあるの。すべての傷がそうというわけではないけれど」

ウンビョルの目から熱い涙がこぼれおちた。そのまま、さめざめと泣き続ける。ジウンに渡されたTシャツを着たとき、インフルエンサーとして過ごした日々の喜びと悲しみがすべてシミとして浮き上がることを祈った。華やかすぎてさみしかった日々。でも、つくりあげられたイメージの中に自分を閉じ込めていたのは、自分自身だったことに気づいた。足に合わない靴を履き続ることに慣れて、足の痛みを当然のものとして受け入れてしまっていた。

「ねぇウンビョル、このシミを消したからといって、あなたが静かに暮らせるとはかぎらない。また注目を浴びながら生きていくことになるかもしれないわ。そうなったら、また今みたいにつらい気持ちになるかしら？　心のシミを消すことができるのは一度きりなの」

「まだ……わかりません」

「そうね、わからなくて当然よ。未来のことだもの。あなたはまた有名人になるかもしれないし、ならないかもしれない。でも、もしまた注目を浴びたとしても、インターネット上と現実の世界で同じ人物として生きていけるんじゃないかしら。少なくとも今よりはずっと上手に」

「そうでしょうか？」

「そうよ。そう信じれば、そうなるの。そしてあなたが先に心を開いて近づいていけば、まわりの人もあなたに心を開く。本当の友達をつくる方法を知りたい？」

「はい！　知りたいです」

「あなたがこれまで出会ってきた有名な人たちは、たぶんみんなさみしいはずよ。まずはカメラのないところで会ってみて。親しくなりたいと思ったら、自分から近づいて心を開く練習をするの。今みたいに、純粋で正直な心を見せてあげて」

「でも、拒絶されるかもって思うと怖いんです」

「拒絶されてもいいじゃない。その人にはその人なりの事情があるのよ。友情は、一緒に過ごした時間の長さや心を交わした深さによって生まれるものだと思う。十分な時間と心と努力を注いで、誠意を尽くしてみて。自分は心を開いていないのに、相手には開いてほしいと願うのはわがままでしょ。勇気を出して、スマホの画面の向こうの人に会ってみて。あなたのためにね」

会話を終えた二人をなごやかな空気が包む。うららかな春の花のようにかぐわしい風が吹いた。花びらたちの残り香かもしれない。

「お姉さん、じゃあ私たちって、友達になれたんですか？」

「もちろんよ。私たちは心を交わしたじゃない。深く心を交わせば、一度会っただけでも友達になれるものなの。ねぇ、おなかすかない？　屋上に洗濯物を干して、トッポギを食べにいきましょう」

「そうだ、トッポギ……！　これ、どこに干せばいいですか？　ダッシュで行ってきます！」

ジウンが階段を指さすと、ウンビョルは大急ぎで駆け上がっていった。泣いて、笑って。あんなに素直に感情を出す子なのに、今までいったいどうやって耐えてきたのだろう。ジウンの心の中にミントの香りが広がった。緑の生命力。するすると伸びる葉に全身が包まれ、自分が木になっていくような感覚。誰かの心のシミを落として、ここまですっきりした気分になれたことはあったかしら。すっきりしたんじゃなくて、おなかがすいてるのかも。最近、やけにおなかがすくのよね。

ジウンはくすっと笑い、〈ウリプンシク〉に電話をかける。

「おばさん、キンパ二本とトッポギを二人前。それから、スンデをレバー入りで二人前と、天ぷらも全種類お願いね。友達と一緒に行くから、大盛りで」

「あらら、ジウンさんがお友達を連れてくるなんて。今日はいい日だねぇ！　にゅうめんも食べるかい？」

「にゅうめんはけっこうよ。新メニューは増やさないって約束でしょ。ところで、トッポギのお餅は小麦粉？　米粉？　それって、そんなに重要なことなの？」

「そりゃ重要だよ！　食感が違うからね。うちの店には両方あるよ。知らなかったのかい？」

「そう、わかったわ。すぐ行くから。練り天もおまけしてくれるわよね？」

お互いに笑いながら電話を切った。笑えば生きていける。生きていれば、本物の笑顔が浮かんでくる。

「お姉ちゃんのインスタってハッキングされたの？　アカウントが消えてるよ。警察に届けた？」

「ウンビョル、ママのクレジットカードが使えなくなってるのよ。支払い遅れですって。どういうこと？」

「新しいビジネスを始めることにしたんだ。パパと一緒に写真を撮りにいこう」

〈心の洗濯屋〉で美しく不思議な一日を過ごしたあと、ウンビョルのインスタグラムのアカウントは消滅した。涙と一緒に心のシミを消してくれたマリーゴールドという町は、妙にやさしくて居心地がよかった。もしかしたら、私はあの場所を訪れたことがあるのかもしれない。ふとそう思ったウンビョルは古いアルバムをめくりながら記憶をたどり、一枚の旅行写真を発見した。妹はまだ母のおなかにいて、幼い弟とウンビョルが手をつないでいる。その後ろには、まだ真新しい〈ウリプンシク〉の看板が写っている。古い写真の中の鮮明な文字に驚いて、ウンビョルは懐かしいような気持ちで写真をなでた。どうりで見覚えがあったわけね。あの町を訪れたのは偶然ではなく、運命だったのだろうか。

アカウントが消えたことをいちばん嘆き、腹を立てたのは家族だった。しかし、ウンビョルはアカウントを復旧しようとはせず、新しいアカウントをつくることもなかった。

ウンビョルは弁護士と相談して広告の損害賠償金を全額支払い、コスメによる被害者一人ひとりに謝罪した。商品販売の稼ぎがなくなると、マンションは差し押さえられ、競売にかけられた。父親の会社も当然のごとく経営破綻した。会社更生手続きの申請は裁判所に却下され、父親は詐欺罪で二年収監されることになった。家が差し押さえられる直前、ウンビョルは車とバッグを売って以前暮らしていた町の2DK物件に家族を引っ越させ、自分は青年家賃支援を受けてワンルームでひとり暮らしを始めた。

思いがけず稼いだ大金は、ウンビョルにとって砂の城のようなものだった。いつまでも尽きないと思って油断していると、蜃気楼のように消えてしまう。崩れゆく砂の城を見ていたら、ウンビョルの心はどんどん軽くなっていった。家族は早くインスタグラムを再開しろと騒いでいるが、何をどうすればいいのかわからない。いくらフィードを眺めても、どんな写真や文章を載せたらいいのかまるで見当がつかない。私って、ホントにインフルエンサーとしてお金を稼いでたのかな……？

「……私、これから仕事なの。自分の問題は自分で解決することにしよう。切るね」

ウンビョルは電話を切った。首にかけていたイヤーマフを耳にはめなおして雑音を遮断する。

家族の電話番号を着信拒否したほうがいいのかな……。私はどうして家族と縁を切れないんだろう。変よね。横断歩道の前でじっとスマホを見つめていたら、誰かに肩を叩かれた。チーム長だ。

ウンビョルは三カ月前からフリーランスのマーチャンダイザー《MD》としてテレビショッピング会社で働いている。自分が企画した商品がどれも不思議なくらい売れるので、仕事が楽しくてしかたない。

「チーム長、お疲れさまです！」

「何をそんなに考え込んでるの？　ところでウンビョルさん、今回の企画もよかったよ。空気が乾燥するシーズンに合わせた保湿クリームとパックに卓上加湿器をつけるなんて。マージンも高かったし、顧客満足度も高かった。おかげで、うちのチームは販売成績トップだよ」

「ホントですか？　わぁ、よかったです」

照れくさそうに笑いながら、ウンビョルは力強い足取りで信号を渡る。人生の信号は青信号に見えていても黄信号に変わったり、赤信号がともったりすることがある。ときには赤信号がいつまでも続くように思えることもあるけれど、いつかは必ず青信号に変わる。青信号の次はまた赤信号。私たちにできるのは、ひたすら道を歩き、信号がともったらその色にしたがって行動すること。今の自分に合う信号が出ていないなら立ち止まり、やがて信号が変わったときにふたたび歩き出すことではないだろうか。

「それでね、フリーランスＭＤの正社員採用の辞令が来月出るの。チーム長の推薦枠があるからウンビョルさんを推薦しようと思っているんだけど、どうかな？」

「うれしいです。ご推薦ありがとうございます。がんばりますね」

青信号。

すっかり透き通った青信号だ。

「ウンビョルさんって、週末は何してるの？」

「話題のスポットに行くときもありますけど、一日中ごろごろしてることもありますね」

「そうなんだ。商品企画がすごく上手だから、仕事以外の時間はどんなふうに過ごしてるのかなと思って。ずっと休まないで働いてるのかと思った」

　金曜日の終業後、隣のデスクのイ代理が気になってたまらないという表情でウンビョルに聞いた。正社員に登用されたウンビョルは最近、体にぴったり合った心地よい服を着ているような気分だ。休日は友達と家でおいしい料理をつくったり、話題のお店やカフェに行ったりして過ごす。友達と撮った写真はプリントして、きちんとアルバムに貼る。仕事が終わるとメイクを落としてラフな服装に着替え、キャップを目深にかぶってウォーキングに行く。目的地を決めずに長い時間歩くと、足は疲れるが、以前は見えなかった景色が見えてくる。ときどき走ることもある。汗びっしょりになるまで走って、息を切らしながら心臓の激しい鼓動を感じた瞬間、生きているな、と思える。これまでは生きていることを実感できる日なんて、ほとんどなかったのに。

　いいことばかりというわけじゃないけれど、いいことが多い。家族から華やかな生活をしていた頃の話を聞くと、懐かしさ以上に、全身がぞくりとするような冷たい孤独を感じる。楽しい瞬間もたしかにあったはずなのに。いい思い出は残してシミだけを落とせたらよかったのにな、とちょっぴり後悔することもある。あれこれ考えすぎてしまいそうなときは、不思議な町で出会った友達の言葉を書き留めたノートを取り出す。

「まずは生きるのよ。死なずに生きて。意味や楽しさは、生きてから探せばいいの。忘れないで。

あなたはあなたのままでいい。空の星じゃなくて、あなたの中で輝いている星に目を向けて。闇の中でもあなたは輝いてる。覚えておいて。何者であっても、華やかな服を着ていなくても、今みたいにシミの浮かんだ服を着ていても、あなたはその存在だけで星のように輝いているってことを」

（お姉さん、私は元気にやってます。会いたいです。近々また会いにいきますね。あのお兄さんは、転職の面接に受かったのでしょうか。結果が気になっ……ふわぁ……手紙を書きたいのに眠いなぁ）

まぶたが重くなり、目を開けていられない。あぁ、眠い。ねむたいなぁ。眠気を感じながら寝られるって幸せ……。今日を生きていることがうれしい。はぁ……眠すぎる……。考えるのはまた明日にしよう。

ウンビョルは、すうっと眠りに落ちていく。

本物の微笑みを浮かべながら。

「よぅ、ヘイン。今日の夜って予定あるか？」

「特にないよ。イベントが早く終わったから今帰るとこ。一緒に夕ごはん食べる？」

「いいね。じゃあ七時に丘のてっぺんにある〈心の洗濯屋〉に来いよ。ヨニも呼んだから、一緒に会おうぜ。俺様から重大発表があるのだ！　ウハハハ」

「いいことがあったみたいだね。行くよ。でも、洗濯屋って？　そこで食事できるのか？」

「あぁ、ただのクリーニング屋じゃないんだ。来ればわかるから。食いもんは適当に買って持ち寄ろう。おまえ、ポットラックパーティーって知ってるよな？　ハハハ」

ジェハの豪快な笑い声を聞き、ヘインはにっこり笑って電話を切った。ヘインは小学校三年生のとき、祖母の暮らすマリーゴールド町に引っ越してきた。母は写真家で、父は音大でクラシックピアノを専攻し、バンドでキーボーディストをしていた。二人はライブ会場で出会って恋に落ち、ヘインを授かってあたたかな家庭を築いた。深く愛し合う彼らに神様が嫉妬したのか、両親は交通事故で同じ日に亡くなった。祖母が幼いヘインの後見人となり、保険金を受け取った。

無口で内気な転校生のヘインはひとりぼっちだった。そんな姿を見たジェハは、公園に行こう、かけっこをしよう、宿題をしよう、ごはんを食べようと声をかけ、ヘインと一緒にいるようになった。ジェハとは赤ちゃんの頃からの幼なじみであるヨニもヘインと友達になり、三人はこの町で一緒に成長した。日記帳のように黒歴史を共有する三人の中で、ヘインはたいてい聞き役だ。ジェハとヨニの話をいつも微笑みながら聞いている。ヘインは自分のことを話すより、人の話を聞いているほうが楽だった。

ひとりで育ったヘインにとって、音楽は言語だ。好きなミュージシャンは、チェット・ベイカー、デューク・エリントン、ビル・エヴァンス、ポール・デスモンド。彼らの演奏を聴いていると、自由な気持ちになれる。大学で美術史を専攻した後、展示会を企画する独立系キュレーターになり、写真を撮って、音楽を聴き、人々の話を聞きながら生きている。ヘインは自分の生き方に満足している。好きな仕事をして、音楽を聴き、本を読む余裕があるなんて贅沢すぎる、と思えるほどだ。

ヘインはバスを降りる準備をしながら、スマホのプレイリストから〈テイクファイブ〉を再生した。長い一日の終わりにピアノ、ドラム、サクソフォンが奏でる軽快な〝五分間の休憩〟を聴く余裕さえあれば、今日のようだった昨日も、昨日のような今日も、今日のような明日も乗り越えられる。イヤホンから流れる旋律を一緒に口ずさみながらバスを降りた。

「パッパ、パラパラパッパ、パーパッ」

町のてっぺんに向かって階段をのぼるにつれて、音楽のテンポのように心拍数が上がっていく。ドキ、ドキ、ドキ。

「着いたぞ。いい景色だなぁ。高いところにのぼると気持ちがいいな」

ヘインは首にかけた古いライカのカメラを構えた。仲よく並んだ〈心の洗濯屋〉と〈ウリプンシク〉の看板を撮り、洗濯屋の建物を眺めた。海沿いの都市のてっぺんに建っているにもかかわらず、数百年前、いや、時空を超えたような古い木材の味わいが感じられる。なぜか構造に見覚えがある気がした。

(庭の裏側に回ったら、屋上につながる階段があるはずだ。夢で見たのかな。どうしてこんなに既視感があるんだろう)

ヘインは庭園の裏に回って階段をのぼり始めた。人の気配はないが、静かに用心深くのぼっていく。屋上に着いた瞬間、彼は思わず息をのんだ。

(何だ、ここは……!)

燃えるように赤く、大きな夕日がすぐ目の前にあった。世界の最果てにやってきたような光景だ。心地よい秋風が吹き、物干しロープにかけられた洗濯物がはためいている。夕焼け色に染まる空とともに、白い洗濯物も色づいていく。洗濯物が風になびく様子は、花びらが舞うように幻想的だ。ヘインは本能に導かれてカメラのシャッターを切った。

海と市街地に囲まれたマリーゴールド町の夕暮れは、この世のものとは思えないほどの絶景だった。そのとき、風に揺れる洗濯物から赤い花びらが渦を巻きながらあふれ出てきた。花びらたちは沈みゆく夕日に向かって舞い上がっていく。

ヘインはあっけにとられてその様子を見ていたが、ふたたびカメラを手にした。目の前の信じがたい光景を連写する。二度とこんな美しさには出合えないと感じる瞬間があるとしたら、まさに今ではないだろうか。カメラをズームして、沈む夕日に吸い込まれるように飛んでいく花びらを夢中で撮っていたそのとき、長いまつげの先に宿る涙が写った。

（……！）

ヘインは驚いてファインダーから目を離した。ごくりと唾を飲み込んだ。ひとりの女が、壊れやすいものをそっと包み込むように両手をそろえ、夕焼け空に向かって腕を伸ばしている。彼女は祈るように目を閉じて、花びらを送り出していた。やがて女のまつ毛から、ついに涙がぽろりとこぼれ落ち、頬をつたって花びらに触れた。その瞬間、あたり一面が光に包まれ、舞っていた花が消えた。ヘインは自分が目にした光景を信じられず、カメラを持っていないほうの手で目をこすった。しかし、どんなに目をこすっても女は消えない。

日はすっかり沈んだ。夕日の残り火が、夜の訪れを出迎えるかのように空を包み込む。眠りから目覚めて独りでやってくる〝夜〟がさみしくないようにと空への道筋を明るく照らしている。

女はすとん、と手を下ろした。ヘインがいることにはまだ気づいていない。ヘインは彼女に向かってふたたびカメラを向けた。どことなく見覚えのある後ろ姿だ。女の黒いワンピースには、洗濯物から夕日に向かって舞い上がった赤い花びらが花束のように描かれている。女がゆっくり振り返り、ヘインのカメラをまっすぐに見つめた。ファインダー越しに見た瞳は黒くて深く、悲しみに満ちている。

女と目が合うと、ヘインはカメラを下ろした。驚くべき光景を見た。おまけに彼女は泣いていた。ヘインは彼女のほうへとゆっくり歩いていく。距離が近づくにつれて、胸が苦しくなる。ヘインが初めて愛した人にそっくりだ。ヘインは信じられないとばかりに目をこすり、気を取り直すためにぶるっと首を振った。そして、女に声をかけた。

「こんばんは。驚かせてしまったならごめんなさい」

「いえ、大丈夫です」

とっさに答えたジウンは、自分に驚く。あれ？　私、今どうして敬語を使ったのかしら。何世紀もの長い時間を行き来して生きてきたせいで、ジウンはいつしか誰にも敬語を使わなくなっていた。それなのにいったいどうしてだろう。泣いているのを見られたせいだろうか。

「あの、僕はジェハの友達で、ヘインといいます。今日ここで会う約束をしていて」

「聞いてます。私は洗濯屋の店主のジウンです。今まで、こんな姿は誰にも見せたことがないんだけど。驚いたでしょう？」

「あ……はい。でも僕は大丈夫です。それより、ジウンさんは大丈夫ですか？」

「誰かが大丈夫かどうか聞いてくれるなんて久しぶりだわ。いつもは聞く側だから。私も大丈夫です」

「大丈夫じゃないって言ってもいいのに」

「私、大丈夫じゃなさそうに見えます？」

「……はい。泣いてらしたじゃないですか。花びらを飛ばしながら」

「全部見てたのね。大丈夫なふりをしてるのもバレちゃったし。みんなには内緒にしておいてくださいね。それはそうと、洗濯物から花びらが出てきた理由は気にならないんですか？」

「たしかに気にはなりますけど、今度教えてください。今は顔色がよくないから。あたたかいものを飲んで、少し休んだほうがいいですよ。すごくしんどそうに見えます。花びらじゃなくて、ジウンさんが風に飛ばされそうなくらい」

ジウンはフフッと笑って髪をかき上げた。洗濯屋にやってきた人々の心から落としたシミは、日光に当ててすっかり乾かすと花びらに変わる。夕暮れどき、太陽がいちばん赤く燃え上がる時間に花びらを送り出し、跡形もなく燃やしてしまう。夕日に向けて飛ばしても燃えなかった花びらは、ジウンのそばで生きていく。ジウンが魔法を使うたびに現れる花びらは、百万回にわたる人生の中で太陽に届かなかった人々の心であり、傷であり、シミだ。ヘインという男はその様子を見てしまった。驚くこともなく、落ち着いた声で話す彼の口調を聞いて、ジウンの心はなごんだ。どうしてだろう。どことなくパパの目に似ている気がする。ううん、数世紀前に愛した恋人の目に似てるのかな。彼からはなんだか懐かしい匂いがする。少し話しただけでも、ヘインが相手を尊重する人であることがわかった。敬語を使うこと、尊重し、尊重されるということ……。これがやさしさと気遣いというものなのかもしれない。久しぶりに使ったけれど、敬語ってなかなかいいわね。洗濯屋のお客さんにもときどき使ってみようかしら。

「あなたを愛しています。ずっと待っていました」

「えっ。あの……僕を、ですか？　いや、光栄ですけど、ほら、僕たちは今日初めて会ったばかりだし……」

顔を真っ赤にして慌てるヘインを見て、ジウンは大笑いした。ついからかいたくなる人だ。もしかしたら、これまでの人生で彼と縁があったのかもしれない。

「ツバキの花言葉です。この赤い花びらはツバキなんです。ここを訪れたお客さんがまた人生を愛せることを願いながら、花びらを空に送り出しています。だから、夕焼けの時間に送るんです。心の傷と痛みが熱く燃え尽きるように」

ヘインはうなずきながら話を聞いた。ジウンの表情がさっきより明るくなったことにホッとする。初めて会ったのにどうしてこんなに気になるんだろう。初めての恋人に似ているからだろうか。いや、そのこと以上に、やたら人を惹きつける魅力を感じる。

赤い花びらが二人を包み込むようにぐるぐる回り出した。ジウンが他人に打ち明け話をしたことを花たちも不思議がっているようだ。

「この子たち、きれいでしょう。花の色は、私の感情に合わせて変わるんです。でも、たいていは赤です。感情を一定にキープしておいたほうが楽だから。あ、私ばかり話してますね……」

泣いたせいだろうか、この男と話がしたいのだろうか。理由はともあれ、ジウンの心はいっそうなごんだ。私が魔法を使うのを見ても驚かなかったわ。ただいるだけで相手の心を開かせる能力を、この人は持っている。

（やわらかみのあるベージュカラーみたいな雰囲気の人ね）

ジウンは幼い頃に使っていたベージュのブランケットのことを思い出した。久しぶりだ。故郷に置いてきたものが恋しくなる日。ジウンはヘインの横を通り過ぎて階段のほうへ向かった。そして、ふと立ち止まり、振り返って言った。

「あぁ、そうだ。写真は写っていないと思います。誰かに写真を撮られても、私の姿は写らないんです。そろそろ行きますね。まだここにいらっしゃいますか？」

ジウンは背筋をピンと伸ばし、胸を張った。大丈夫ではないのに大丈夫なふりをする彼女の声には、まだ涙の気配が残っていた。ヘインは無言でジウンについていく。二人はヘインが上がってきたほうとは逆の階段を下りて、一階のバーカウンターに向かった。

「あれ、一緒に下りてきたんですか？　もう会ったのね。オーナー、彼が友達のヘインです！」

先に来ていたヨニが、三段のランチボックスを広げながらジウンとヘインを迎えた。ジウンはヨニに向かって笑顔でうなずき、カウンターの中に入ってお茶を淹れる準備を始めた。そのとき、ジェハが木のドアを開けて入ってきて、喜びに満ちた声で叫んだ。

「みなさん、俺、面接受かりました！　ついに正社員！　社会保険完備です！　ウハハハ」

「わぁ、最終面接受かったの？　すごい！　おめでとう」

ヨニはランチボックスをテーブルに置いて飛び上がった。ジェハが理想と現実のギャップに悩み、さまよい続けてきたことを知っているだけに、祝福しながらも胸が苦しくなった。心のシミを洗濯したあの日以来、ジェハはあれだけ愛していた映画の〝え〟の字も出さなくなった。社会保険完備の安定した職をひたすら探すようになった。ジェハがここで落としたシミは、映画を撮った日々だったのね。ジェハが忘れてしまっても、私は覚えておいてあげなくちゃ。親友の輝かしい日々とあの頃の気持ちを。

ヘインは長い脚でつかつかとドアに歩み寄り、ジェハが持っていたフライドチキンを受け取って、彼を抱きしめた。

「おめでとう、ジェハ。おつかれ」

二人は背中をバンバン叩き合ってから身を離した。

「おやまぁ～。みなさんお集まりじゃないか。夕飯を食べなさいって言いにきたんだけど」

〈ウリプンシク〉の店主がドアを開け、笑顔を見せた。黒いレジ袋に入った二本のキンパをジウンの前のテーブルにどさりと置き、四人を見まわす。あら、キンパが足りないねぇ。

「おばさん、座ってください。一緒に食べましょうよ。今日はお料理がたっぷりありますから」

「いやいや、お邪魔はしないよ。あたしはさっき麦飯ビビンパを食べたとこなのさ。大根葉キムチをのせて、ゴマ油を二回ししてね。ジウンさんがまた一食も食べてないんじゃないかと思って見にきたけど、安心したよ。スープが欲しいなら店においで。おいしく食べなさい。それじゃ、行くわね」

「ありがとう、おばさん。いただくわ」

ジウンはキンパを手に取って、にっこり微笑んだ。人と一緒にいることが楽しい。楽しいから不安になる。心を許せば、また別れがやってくるのに。彼らはいずれ死を迎え、死ねない私はひとりで彼らを恋しく思うことになるだろう。傷つきたくなくて、情が湧きそうになるたびに相手から離れてきたが、この町では心の警戒をゆるめている。でも、本当に今回を最後の人生にできるだろうか。いのちの有限性を手に入れられるだろうか。初めてこんな願いを抱くようになったジウンは、これまでとは違う不安をかすかに感じた。

(私に不安のない人生は許されないのかしら)

ジウンは不安について考えながら、やかんの熱湯をカップに注いだ。こうして先にカップをあたためておくと、お茶が冷めにくくなる。何事もほどよい加減というものがあるが、カップをあたためるときとお茶を淹れるときの温度はそれぞれ違う。カップは沸騰させた熱湯でしっかりあたため、お茶は舌がやけどしない程度の温度で香りと風味を引き出す。

「このカップ、向こうのテーブルに運びましょうか？」

「あ、すごく熱いですよ。まだ触らないでください」

ジェハとヨニ、洗濯屋を出ようとしていた〈ウリプンシク〉の店主が驚いて同時に振り返った。

空耳だろうか、と自分の耳を疑うような表情を浮かべている。

「あの……オーナー、今ヘインに敬語使いませんでした？　敬語、話せたんですか？」

「そ、そうだったかしら？　たまたまでしょ」

目を丸くしている三人に背を向け、ジウンはカップにお茶を注いでヘインに渡した。

「一杯ずつ運んでね」

「ジェハ、何言ってるの。オーナーが敬語を使うわけないでしょ。おなかすいた。食べようよ」

「あぁ、食べよう。食えば生きられる。生きるために食って、食うために生きよう！」

「そうよ、今日はおめでたい日なんだから！　今日ぐらいはお祝い気分で楽しもうよ」

みんな楽しげだ。そして、ジウンも楽しい。人生を数字の十にたとえると、こんなふうに楽しい一日が楽しくない九日間を耐え抜く力になる。

「ところでオーナーは、夕方の屋上でいつも何を考えてるんですか？」

キンパをもぐもぐ食べていたヨニがジウンに聞いた。指で唇の両端を引き上げて、偽の笑いでもいいから一緒に笑おうと言ってくれたジウンのおかげで、ヨニは売り場でクレーマーに責められた日も指で笑顔をつくり、目の前でバスが行ってしまっても笑うようになった。鏡の前で無理に笑った顔は『バットマン』のジョーカーみたいに見えることもあるが、笑おうと決めたあの日以来、ホッとできる時間が増えた。そんなヨニは初めて〈心の洗濯屋〉に足を踏み入れたときから、ジウンがひとりでいるときに浮かべる悲しい表情が心にひっかかっていた。

「そんなこと知ってどうするのよ」

「なんとなく。屋上で空を見ながら立ってるときのオーナーって、夕日に吸い込まれていきそうだから。答えたくなかったら答えなくていいですよ！　えへへ」

ヨニは照れたように笑って頭をかいた。ジウンはヨニを見つめて、こくこくとうなずいた。短い静寂が流れた。ジウンは下唇を軽く噛み、気が変わったように口を開いた。

「ええと……キャンドルをともすような気分で、みんなの心の平和を祈ってるの」

「キャンドルをともす、って？」

「お祈りをするときにキャンドルをともすでしょう？　燃えるキャンドルがまわりを照らすみたいに夕焼けで空が明るくなる時間に、ここを訪れた人々の平和を祈っているのよ。〈心の洗濯屋〉をつくる前から、私は癒し茶を淹れて、たくさんの人の心のシミを落としてきたの」

「ずっと心の洗濯をしてきたんですね」

「だいぶ昔からね。人は……たったひとりだけでも自分を信じて応援してくれる人がいれば、生きていけるものよ」

「たったひとりだけでも？」

「そう。自分を心から信じてくれる人。でも、そのひとりを見つけるのが難しいでしょう？　だから、私がそのひとりになってあげたいの。私が切実に心の平和を祈っていれば、生きる力が湧くんじゃないかと思って」

ジェハとヨニ、ヘインは、キャンドルをともす気分について考えた。キャンドルを眺めるように沈みゆく夕日を眺め、誰かの心の平和を祈ることについても考える。そういえばオーナーはクリーニング代の代わりに、ここで受けた親切をいつか誰かに返してほしいって言ってたな。いったいどんないきさつでこの町に来たんだろう……。

沈黙を破ったのはジェハだった。

「ヘイン、音楽を聴こうぜ。オーナー、こいつ選曲のセンスがいいんですよ」

物思いにふけっていたヘインは、眉を動かしてジェハに「わかった」と答える。

「スピーカー持ってるよ。ブルートゥースでつなごう」

ヨニがバッグからスピーカーを取り出した。三人の息はぴったりだ。

ヘインが音楽を選び始めると、ジウンはもう一度お茶を淹れるために立ち上がった。やかんのお湯が沸くのを待ちながら、音楽に耳を傾ける。ボコボコボコ……。今日も、お湯が沸くには時間がかかる。ジウンは沸騰させたお湯を適温まで冷ますと、みんなのところに戻ってヘインに言った。

「チェット・ベイカーの〈枯葉〉ね。こんな秋の夜にぴったり」

「ですよね。チェット・ベイカー、お好きなんですか?」

「うん。不安で、熱くて、ときめいて。青春みたいよね。チェット・ベイカーの音楽って」

「青春みたい……。いい例えですね。いちばん好きな曲は何ですか?」

「どれも好きよ。昔けっこう仲よくしてたの。あの子がドラッグをやらずに幸せに生きていたら、どんな音楽が生まれたのかしらね。ちょっと聴いてみたい気もするわ」

「へぇ〜。チェット・ベイカーと親しかったんですね」

「あなたって何事にも動じないのね。私のこと、ちょっとおかしい人なのかなとか、妄想癖があるのかなとは思わない？」

「思いません。ジウンさんは本当にチェット・ベイカーと親しかったような気がします」

「親しかったわ。当時はバンドをやっている子たちの打ち明け話を聞くことが多かったから、ライブにもよく行ったし。チェット・ベイカーの心のシミも消してあげたかったけど……そうすることで音楽性が変わってしまうのはよくないと思ったの。ときには、苦しみや悲しみが生きる力や芸術の原動力になることもあるから」

初対面の人と話せないヘインがこんなによくしゃべるとは。驚いたジェハは口をあんぐり開けて二人を交互に見ていたが、〝ジウンさん〟という言葉を聞いて笑いながらヘインの肩を叩いた。

「ジウンさん、って。おまえ、馴れ馴れしいぞ。オーナーって呼べよ！」

「オーナーじゃ堅苦しすぎるだろ」

落ち着いた真面目なトーンでヘインが答えた。ヘインの言葉はやわらかいが力強く、そう言われてみるとそうかもしれないという気にさせられる。納得できないことでも、ヘインから聞くと受け入れられるというか。

「そっか。じゃあ、俺らもこれからジウンさんって呼……イテッ！　つねるなよ、ヨニ」

「空気読みなさいよ、ジェハ。まったく、子どもなんだから。余計なこと言わないの」

三十歳になろうが何歳になろうが、幼なじみの前では大人になれない。いや、大人になりたくないものだ。わいわい騒ぎながら飲み食いする三人の中に、年をとらない魔法にかかったジウンがいる。幼い頃から共に育った仲間の絆がうらやましい。シワの増える顔を見ながら一緒に老いていく彼らに囲まれているうちに、ジウンはふとさみしくなった。一緒に年をとりたい、私も。

ジェハをにらみつけていたヨニは、ヘインに向かって言った。

「あのね、ヘイン。ここは心のシミを落としたり、シワのよった心にアイロンをかけたりしてくれるところなの。消したい記憶があるなら今がチャンスよ」

「心のシミ？」

「この傷さえなければなぁ、って思ったことない？」

「何度もあるよ」

「だったら、オーナーにお願いしてみなよ」

「……」

ヘインは無言でカップを口に運んだ。ひと口、ふた口。お茶を飲んでにっこり笑い、次の音楽を検索する。もう勧めないほうがよさそうだ。答えにくいときや断りたいとき、ヘインは沈黙する。ジェハとヨニはその理由を問いただすことはない。ヘインが黙るのはそれだけの理由があるからだ。沈黙の意味を尊重してあげること。ただし、つらいときは黙ってそばにいてあげること。それが三人の暗黙のルールだ。

「ジェハの就職が決まったこと、お母様もさぞかし喜んでいらっしゃるでしょうね」

今度はジウンが沈黙を破った。心のシミ抜きをした日、ジェハは自分の傷ではなく、ヨンジャさんの心の痛みを消してほしいと言った。ジウンはまだここを訪れていないヨンジャさんのために、心にキャンドルをともして待っている。

「ここに来る途中に電話でヨンジャさんに知らせたら、うれしそうに大笑いしてました」

「そうでしょう。うれしいわよね。ヨンジャさんはいつ頃いらっしゃるの？」

「来週来てって伝えました。俺の好物をいっぱいつくって持ってきてもらうことになってるんです。俺も一緒に来ていいですよね？」

「もちろんよ。オープンイベントのことは覚えてるわよね？」

「オーナーのサービス。そりゃあ覚えてますよ！」

ジェハはジウンが自分の頼みを覚えていてくれたことがうれしかった。感謝を言葉で伝えるのがなぜか照れくさくて、ジウンの皿にヨニが持参したフルーツをよそった。山盛りのフルーツを渡したときにジウンのワンピースの花柄がふと目に入り、ジェハは首をかしげた。

「ところでオーナー、そのワンピースって何着か持ってるんですか？」

「これ？　ううん、一着だけど」

「そうですか？　前より花が減った気がします」

ジェハとヨニ、ヘインがワンピースの花柄を見つめる。ジウンも自分の服に目をやった。花が減るはずがない。毎年増えていくものなのに。

「まさか。ジェハ、あなた今日は疲れてるのよ。このへんでお開きにしましょう。私も営業の準備をしなくちゃいけないから」

「今日はもう誰も来ないと思いますよ。早めに店じまいして、オーナーも早く帰ったほうがいいんじゃないですか？　ちょっと疲れてるように見えるし」

ジウンは無言でにっこり微笑んだ。お互いを思いやり、体調を気遣う仲になったなんて。この人生からは未練なく去りたいのに、もう親しい人ができたのだろうか。大切な存在ができると守ってあげたくなる。守ってあげたい人とは別れづらい。彼らは老いて死んでいけるが、ジウンは死ぬことができない。数えきれないほど経験しても、別れはいつも痛みを伴った。今回の人生を最後にできるとはかぎらないのだ。人生を繰り返す魔法の解き方はまだわからない。自然の摂理にしたがって年をとっていけるというのは、もしかしたら神の恵みなのではないだろうか。

「みんな、そろそろ帰りなさい。私はランドリールームに行くわ」

心にたくさんのシミをつけてやってくる人々のために、ジウンは階段をのぼっていく。やせ細ったジウンの後ろ姿をヘインは目で見送った。心のシミを落としてくれる洗濯屋。心のシワにアイロンをかけてくれる洗濯屋。その洗濯屋を経営する悲しげな女。ジウンの姿が視界から消えても、ヘインはずっとその場を見つめていた。物思いにふけりながら。

いい暮らしがしたかった。いい暮らしがどんなものかは知らないが、人と同じように平凡に生きたかった。しかし〝人と同じように〟というのがどれだけ難しいことなのか、ヨンジャは若くして気づいてしまった。知りたくなかったけれど。

「ヨンジャ、大学の入学金のことだがな……」

年老いて小さくなった父がヨンジャに背を向けたまま言った。いらいらした様子でしきりに手を握ったり開いたりしている。父は不安のせいでいつもいら立っていた。母より十歳年上で、ろくな稼ぎもなく、子どもをつくるだけつくっておいて親の務めを果たさない無責任な男。

学校の成績はいつもクラスで一番だったが、きょうだいが生まれたときからヨンジャにはわかっていた。どれだけいい成績をとっても自分は大学に行けないということを。高校を卒業したら、両親は五人のきょうだいを養う役割を自分に押しつけるに違いないとわかっていた。わかってはいたが、うんざりするような暮らしに耐えるには、勉強でもして気を紛らわすしかなかった。

「お父さん。私、大学には行かないから」

ヨンジャは言った。父は〝なぜ〟なのかは聞かなかった。すぐそばの台所にいる母は米を研ぐ手を止め、凍りついたように立ち尽くしている。理由を尋ねるわけがない。わかりきっていることなのだから。

ヨンジャは部屋に入り、二番目と三番目の弟の横を通り過ぎて荷造りを始めた。最小限の荷物を詰めたカバンを持って無言で家を飛び出し、工業団地へ向かった。隣に住んでいたジョンスンという幼なじみのお姉さんに働き口を紹介してほしいと頼み、彼女と同じ豆腐製造工場に入った。

一年だけ。一年きっかり働いて、学費を貯めて大学に行こう。一年だけ。

「ヨンジャ、急に出ていくなんて。せっかくごはんを炊いたのに。それで、寮の居心地はいいの？　寒くない？」

「……うん、大丈夫。ジョンスン姉さんと同じ部屋なの。食事も出るよ」

「そう、しっかり食べなくちゃね。母さん、何もしてあげられなくて……」

母は深いため息をついた。ヨンジャは胸やけのような痛みを感じた。

「……大丈夫。お給料が出たらお金を送るよ」

「そういうわけにはいかないわ。お母さんたちが何とかするから」

「何とかって何よ。お父さん、手をケガしてまた働けないんでしょ。とりあえず送るから」

「……ありがとう……」

お人好しで頼りない母と、建設現場で働く日雇い労働者の父は、ずっと貧しかった。一年に一度だけクリスマスの日に外食をしたが、行き先はいつも中華料理店だった。チャジャン麺七皿とごはんを注文した。人数分の料理を注文できないという現実。育ちざかりの弟妹はお皿をなめつくすほど食欲旺盛だ。ヨンジャは自分の皿を弟妹の前に押しやって、たくあんを食べた。しょっぱいたくあんをゆっくり噛んで水を飲んだら、おなかがふくれるような気がした。

うんざりするような貧しさ。その貧しさがべったり染みついた家に嫌気が差して、現実から逃げ出した。もっといい現実があるはずだという単純な思考は、ヨンジャに希望を抱かせた。

「ねぇヨンジャ。今日、昼食会があるんだって。一緒に行こうよ」

ヨンジャが寮内の公衆電話を切って振り返ると、ジョンスンが楽しげに腕を組んできて言った。ジョンスンは美しい。就職後は耳に大きなピアスをつけて、美容室で髪をカットし、ミニスカートをはくようになった。化粧品の濃い匂いが漂っている。ヨンジャはかすかに笑って、首を横に振った。ここで働くのは一年だけなんだから。この工場の人々と親しくなるつもりはなかった。

私はずっとここにいるわけじゃない。ヨンジャは自分にそう言い聞かせると、部屋に向かって歩き出した。工場で稼いだお金を貯めて大学に行き、就職して平凡な男と結婚して、子どもは一人だけ産もう。男の子でも女の子でもいい。小さなマンションに住んで、ときどき旅行に行って、チャジャン麺は家族全員分を頼んで酢豚も注文しよう。平凡に生きたい。ヨンジャの願いはそれだけだった。この世でいちばん難しい、〝人と同じように平凡に生きる〟こと。

「あれ。ヨンジャ、香水つけてる？」

「ううん、香水なんて持ってないよ」

「そう？　いつもと違う香りがする。すごくいい香り」

ジョンスンは無邪気にヨンジャの肩にもたれて匂いをかいだ。ジョンスンは幼いころから嗅覚がすぐれていた。家へと続く路地に入っただけで、夕飯の献立を当てることができた。

「あ、そういえば石けんを変えたよ」

「でしょ？　やっぱりね。いつもと違うもん。私は何でも香りで記憶するの。ヨンジャはこの石
ヨンジャは照れくさそうに笑いながら言った。ジョンスンが顔を上げ、明るい笑顔を見せる。

けんの香りで記憶されるわね。うーん、いい香り。赤ちゃんの匂いみたい。その石けん、私も使ってみていい？」

「うん、いいよ」

「やったぁ。じゃあ、ヨンジャもときどき私の化粧品を使ってね！」

いい人。やさしい人。情に厚くて、素直で、けっして嫌いになれない人。まわりの人を心地よくさせる人。ジョンスンはそんな人だ。ヨンジャはうなずきながら歩き、ジョンスンに聞いた。

「ところでジョンスン姉さん、昼食会ってどこで食事するの？」

「今日は中華料理店に行くみたいよ」

「中華料理店？　それなら……私も行こうかな」

「よかった！　うれしい。行こう行こう」

これって、もしかしたら人と同じような平凡な生活なのかも。ヨンジャは心の中でつぶやいて空を見上げた。雲ひとつない、青く澄んだ空だ。


「チャジャン麺を人数分と、それぞれのテーブルに酢豚と八宝菜の大皿を一つずつお願いします」

二十名ほどの従業員が中華料理店で一緒に昼食をとる。作業班長はときどきこんなふうに経費で従業員の労をねぎらった。どこかの若旦那みたいに小綺麗で品のある男が、どうして工場で作業班長をしているのだろう。ヨンジャは気になった。でも、尋ねる気はない。会話を交わさなければ、誤解や確執が生まれることもない。へたに人と関わって親しくなっても、悩みの種が増えるだけ。一年きっかり働いて辞めようと決めていたこの工場に三年もいる理由を自分に聞いてみても、悩みの種が増えるだけ。先月入院した父の治療費のことを考えながら、ヨンジャはチャジャン麺のソースを麺にからめてひと口ほおばり、サクッと揚がった酢豚を口に押し込んだ。

「ヨンジャさん、誰も奪い取ったりしませんから。そんな食べ方じゃあ、胃がもたれますよ。ゆっくり食べなきゃ。すいませ〜ん、サイダー一本ください」

ヨンジャはそう言われた直後、のどに食べ物をつまらせてむせた。作業班長がヨンジャの背中を叩き、紙ナプキンを渡す。

「ありがとうございます」

「アハハ、ヨンジャさんは中華料理が好きなんですね。中華の日は昼食会に来ますよね」

「あ、はい……」

作業班長にサイダーを渡されながらそう言われ、ヨンジャは驚いた。会食は苦手だが、誰にも奪われないチャジャン麺とカリッと香ばしい酢豚を食べたくて、中華料理店のときだけは参加した。どうして毎回来ないのかととがめるような視線を送ってくる人もいたが、どうでもよかった。私はどうせ来年ここを去るんだから。ところで、作業班長はどうして私が中華好きなことを知っているんだろう？　ヨンジャの頭にクエスチョンマークが浮かぶ。

「だから僕、最近よく中華料理店で昼食会をするんです。ヨンジャさんにも来てもらって、みんなで一緒に食事ができたほうがいいですからね。ハッハハッ」

ヨンジャは力強く笑う作業班長に向かってうなずき、箸で麺を持ち上げた。のびる前に食べなくちゃ。酢豚がサクサクしているうちに食べなくちゃ。節約のために寮の食事ばかり食べているヨンジャにとって唯一の外食だ。作業班長は面倒見のいい性格なのかな……。ヨンジャは酢豚を咀嚼し、八宝菜の皿を見ながら考えにふけった。


昼食会が終わり、ヨンジャは店から出た。まだ真昼だ。夏の熱い日差しがまぶしくて顔をしかめた。七月の太陽がめらめらと燃えている。作業班長が熱いコーヒーが入った紙コップをヨンジャに差し出した。ヨンジャは受け取らず、ぼんやりとコーヒーを見つめた。作業班長が言った。

「コーヒー、お好きじゃないんですか？　チャジャン麺のあとはコーヒーにかぎります。すっきりしますよ。ハッハッハッ」

「あ、はい……。いただきます。ありがとうございます」

立っているだけで汗がだらだら流れてくるほど暑い真夏日だ。ヨンジャは熱いコーヒーを渡されて戸惑った。コーヒーは好きじゃない。嗜好品の味を覚えてもお金が飛ぶだけだ。好きなのに飲めなくてつらい思いをするなら、最初から飲まないほうがいい。期待したり好きになったりしなければ、がっかりすることも少ない。ヨンジャは好きになることより、あきらめることに慣れていた。それにしても、今日はどうしてこんなに作業班長が話しかけてくるんだろう。困ったな。

「同僚とはほとんど付き合いがないみたいですが、休日は何をしてるんですか？」

「特に何も……」

「だったら今週、僕と一緒に映画を観ませんか？」

「……」

映画館に行ったことのないヨンジャは、何と答えればいいのかわからなかった。

「映画のあと、ヨンジャさんが好きなチャジャン麺と酢豚をおごりますよ。ハハッ」

「それじゃあ、まぁ……」

ヨンジャの返事を聞くと、作業班長はお得意のさわやかな笑顔を浮かべながら大股で歩いていった。汗がだらだら流れてくる。手のひらまで汗ばみ、熱い紙コップがやわらかく湿っていく。

ヨンジャはようやくコーヒーをひと口飲んだ。

立っているだけで体が煮えそうなほど、太陽が熱く燃える夏だった。


ドンドン！　ドンドンドン！　ドンドンドンドン！

早朝、玄関のドアを激しく叩く音で目が覚めた。ヨンジャは作業班長と休日に映画を観て、チャジャン麺と酢豚を食べた。やがてある日、妊娠したことに気づいた。二人は工場の前にひと間の部屋を借りた。作業班長は、母親の看病があるからという理由で、一週間のうち三、四日は家を空けた。

鍵を忘れたのかな？　妊娠九カ月の重い体をひきずってヨンジャはドアを開けた。その瞬間、いきなり平手打ちをくらい、目の前に火花が散った。頰がひりひりする。いったい何……？

「あんた、妻子ある男をたぶらかして妊娠までするなんてどういうつもり？　このあばずれ女！初めっからそのつもりで工場に入って、うちの旦那に近づいたのね？」

女は燃えさかる炎のように激高している。ヨンジャはめまいをおぼえた。どういうことなの。ひっぱたかれたときに乱れた髪をなでつけて、女に言った。

「おっしゃっていることがよくわかりません。部屋をお間違えのようですが」

「この家に住んでる作業班長。そいつがうちの旦那なの！　うちには子どもが二人もいるのよ！」

ヨンジャの頭はまたくらくらしてきた。女はヨンジャを押しのけて家の中に入り、数少ない家財道具を投げ散らかしている。不幸や厄介事というものは、なぜいきなりやってくるのだろう。迫りくる不幸から逃げるのか、それとも受け入れるのかをあらかじめ選ばせてもらうわけにはいかないのだろうか。不幸は不幸を呼んでくるのだろうか。

ふと不安に襲われたことや、どこか釈然としない感じを抱いたこともあった。でも、尋ねることはできなかった。今は母さんの具合が悪いから、子どもが生まれてから婚姻届を出して結婚式を挙げよう。そう言われていた。それなのに、妻子ある男だったなんて。嘘でしょ？　じゃあ、私のおなかの子は？　私たちの子はどうなるの……？

その瞬間、ヨンジャの股のあいだから熱いものがだらだらと流れ出した。こんな状況でも、赤ん坊は自らの存在を訴えている。大騒ぎしていた女は、羊水と血液が混ざり合ってヨンジャの脚をつたっていくのを見て、また叫び声をあげた。

「ちょっと、何なのよ！　破水したわけ？　あいつはどこ？　冗談じゃないわよ、まったく！」

同じ男の子どもを持つ二人の女が向かい合う。今、自分を助けてくれるのはこの女しかいない、とヨンジャは思った。立っていることすらできず、おなかを抱えて倒れるようにしゃがみ込んだ。そして女に助けを求めた。

「すみません、産まれそうなんです。助けてください、お願いです……」

ヨンジャの意識が遠のいていく。私の赤ちゃん。赤ちゃんを、守らなきゃ。赤ちゃんを……。

体を引き裂かれるような痛みの中で、遠い昔の記憶が脳裏をかすめた。あまりにもつらくて忘れたいと思っていた、心の奥底に押し込めた記憶だ。

「ヨンジャ、これを食べてなさい。母さん、すぐ戻ってくるから」

母は混み合う駅の売店で牛乳とパンを買ってヨンジャに渡し、待つように言った。その日、母はめずらしくきれいな服をヨンジャに着せ、髪の毛をかわいらしく編んでくれた。母は何かをきっぱりと決心したように見えた。つないだ手を名残惜しそうに離した母の指先が泣いていた。心から愛している相手の感情は、指先からでも伝わってくる。幼いヨンジャは母に聞きたいことがたくさんあったが、何も聞けなかった。いつも悲しそうに見えた母が、今日はおだやかな表情をしているような気もした。

ヨンジャは人形を抱きしめて母の後ろ姿を見つめ、完全に姿が見えなくなると泣き出した。大声で泣くことはできず、しゃくりあげながら牛乳を飲んだ。パンはあとで食べよう。お母さんはすぐ戻ってはこないだろうから。もしかしたらとても長い時間がかかるかもしれない、と五歳のヨンジャは思った。幼い子どもは大人の感情を本能的に察する。ヨンジャは泣き疲れて待合室の椅子で眠ってしまった。

「ヨンジャ。お母さん、帰ってきたわよ。ごめんね。すごく待ったでしょう。ごめんね……」

真っ暗な夜、灯りの消えた待合室。ひとりぼっちで眠っていたヨンジャを抱きしめて、母は泣いた。号泣した。そのときになって、ヨンジャもようやく大声で泣き出した。股のあいだを熱いものが流れていく。トイレに行っている間に母と入れ違いになるのが怖くて、ずっと我慢していた尿があふれ出した。お母さんはどうして帰ってきたのかな。美しく身なりを整えた母に、戻ってきた理由を聞くことはできなかった。ただ、母の手を強く握りしめて泣いた。わんわん泣いた。

その日以来、ヨンジャは大声を出して泣いたことはない。

「しっかりして！　病院に行くわよ。ここで産むわけにはいかないでしょ！　私に産婆をやらせる気？　あぁ、もう頭が変になりそう」

ヨンジャは、作業班長の妻だという女に揺さぶり起こされた。あの人の妻は私なのに。私なのに……。両手で下腹を押さえ、痛みと共に脚のあいだを流れていく熱いものが赤ちゃんでないことを祈りながら意識を失った。こんな人生を送るはずじゃないのに。こんなはずじゃなかったのに。

心の冬を耐え抜くことができるのは、この季節もいつかは過ぎ去るという希望があるからだ。希望——それは人を生かしもすれば、死なせもする。心に春が訪れ、ときには燃えるような夏が来て、やがては涼しい秋になるだろうという希望が人を生きさせる。そんな希望がなければ、私たちはこの人生を耐え抜くことはできない。

ヨンジャはジェハと待ち合わせをした洗濯屋の前に咲くツバキを眺めながら、希望について考えた。十月にツバキが咲くこともあるのね。地面に落ちた花を拾い、手のひらにのせてしばらく見つめる。

「きれいねぇ。とってもきれいだわ。ジェハも見たかしら」

ヨンジャはスマホを取り出して、手の上の花を撮った。咲いている花も撮り、ジェハに写真を送信する。すてきなものを見ると、愛する人を思い出す。おいしいものを食べると、愛する人と一緒に食べたくなる。ジェハ、名前を呼ぶだけで胸が痛む、愛するわが子。ヨンジャは久しぶりに訪れたマリーゴールド町を見まわした。潮の香りが混ざった空気を吸い込みながら、ジョンスンと一緒に住んでいた頃を思い出す。

ジェハが生まれたあと、男は一、二カ月に一回ほど顔を見にきていたが、やがて荷物をまとめて出ていった。四歳になったジェハがジーンズにしがみついても、男は去ってしまった。より快適で心地いい暮らしのために。狭いひと間に三人暮らし、共同トイレのこの生活から逃げ出してしまった。ヨンジャは唇を噛みしめて、彼を引き止めることなく見送った。

ヨンジャは生きていくためにがむしゃらに働いた。食堂の厨房係、家政婦、工場の生産ライン作業など、できることは何でもやった。そんなある日、ヨンジャが働く食堂にジョンスン姉さんが訪ねてきた。

「ヨンジャ、そんなにやつれちゃって……。いったいどんな生活をしてたのよ」

一カ月後、ヨンジャはジョンスンが住む海辺の町にやってきた。それがこのマリーゴールド町だった。ジョンスンは工場を辞めて美容学院に通い、美容室で修業を積んだあと、この町に自分の店を開いた。結婚はせず、美容師の仕事で稼いだお金で小さな家を買って、ひとり暮らしをしていた。ジョンスンは、ジェハとヨンジャのために部屋を空けてくれた。ヨンジャは家に置いてもらう代わりに、食堂で働きながら家事全般を請け負った。ヨンジャは少ない食材で手際よくおいしい料理をつくった。あたたかい家であたたかいごはんを一緒に食べ、二人でジェハを育てた。ジョンスンと一緒に暮らすようになってから、ジェハの体つきもだんだんふっくらしてきた。

ジョンスンが末期がんで亡くなった日、できるならヨンジャもついていきたかった。でも、ジェハのためにヨンジャは生きなくてはならない。熱くて小さな赤ちゃんを初めて抱いた日、ヨンジャは身勝手に死ぬ自由など自分にはもうないのだと知った。

生きることに意味を見出す余裕もなかった。生まれたから生き、生きているから生きるのだ。そして、まだ生きている。あっという間に時が過ぎた。遠い昔のことだが、思い返すと昨日のことのように生々しい。

そういえば、ジョンスン姉さんの家はこの丘を下った先にあったはず。あの家はまだ残っているのかしら。

「おやっ、ヨンジャじゃないか！　いつぶりだろうね。元気にしてたかい？　相変わらずきれいだねぇ」

「まぁ、おばさん。お元気でしたか？　お変わりないですね。お体の調子はいかがですか？」

「あたしゃ、あちこち痛むところだらけさ。でも、大病はしてないから大丈夫。年寄りってのは、体の痛みと付き合いながら生きてくもんだからね。ジェハに会いにきたのかい？　ジェハはたまにうちの店に来るよ」

〈ウリプンシク〉の店主がヨンジャを見つけて大喜びした。不自由な足で買い出しに出て、店に戻るところだ。店主はシワシワの手で、シワが増え始めたヨンジャの手を握る。二人の手を言葉では言い尽くせないぬくもりが行き来した。

「ジェハに〈心の洗濯屋〉で会おうって言われたんです。しばらく来ないでくれ、なんて言ってたのに、もう母親に会いたいみたいで。昨日電話をもらって、すぐに駆けつけてきたんですよ」

ジェハが工業大学に入学したとき、一緒にその近くの町に引っ越しをした。ところが、しばらくするとジェハは、映画がやりたいから芸術大学に入り直したいと言い出した。芸術大学に入ったジェハはひとり暮らしをしたいと言い、母と別々に暮らすことを望んだ。その後あちこちを転々としたが、今はこの海辺の町に戻って暮らしている。振り返ってみると、ジェハもヨンジャもこの町でジョンスンと一緒に暮らしていた頃がいちばん平和で幸せだった。

「そりゃよかった。〈心の洗濯屋〉はもう開いてるから、先に入ってジェハを待つといいよ。店主のジウンさんがとってもいい人なんだ。会って話してみな」

「そうしますね。そういえば、ジェハも洗濯屋のオーナーさんが淹れてくれるお茶がすごくおいしいから、飲みながら待ってて、って言ってました。自分が話しておいたから、って。ふふふ」

「おやおや、あの子ったら。いまだに自分の好きなものをお母さんと半分こしたいんだねぇ。ちっちゃいときからそうだったじゃないか。チョコパイひとつもらっても、他の子たちはすぐ食べちまうのに、母さんと半分こするって言ってカバンに入れてさ。いい子だねぇ。うぅっ、年をとると涙腺がゆるんじゃってダメだね。さぁ、行っといで。こっちにいるあいだに、うちの店でごはんを食べてってね。いいかい？」

「はい、ありがとうございます」

〈ウリプンシク〉の店主はエプロンで涙をぬぐいながら背を向けた。ヨンジャは〈心の洗濯屋〉に向かって歩き出す。赤い花びらが現れ、ヨンジャの足取りに合わせて道をつくっていく。足元を舞う花を見て、ヨンジャは目を丸くした。花の風だ。花の道だ。

「あんたたち、どこから来たの？　本当にかわいらしいわね」

ヨンジャを取り囲む花たちは、早く行こうと急かすようにヨンジャの足元をくるくる回った。生まれて初めて目にする、美しい花の道。ヨンジャはその道に導かれるようにして〈心の洗濯屋〉の扉を開けた。

扉を開けた瞬間、ヨンジャを待っていたかのようにジウンが立っていた。ふっくら丸いおでこと清らかな笑顔がジョンスンそっくりだ。ヨンジャは息が止まりそうなほど驚いた。ジウンは体の前で両手をそろえて、礼儀正しく挨拶をする。

「いらっしゃいませ、こちらは〈心の洗濯屋〉でございます。心のシミ抜き、心のシワのアイロンがけを承ります」

花びらが二人のまわりをくるくる回り出した。建物の裏で、先ほどからヨンジャが花をうれしそうに眺める様子をひそかに見守っていたジェハのそばでも花びらがくるくる回っている。ジェハは花たちに言った。

「よろしくな。世界一愛する俺の母さん、ヨンジャさんが来たよ」

花びらは、承知したとばかりにどんどん数を増やしながら飛んでいく。花たちが〈心の洗濯屋〉に吸い込まれていくのを見届けると、ジェハは海に向かって歩き出した。海のふところに飛び込もう。海のふところに抱かれよう。海はたくさんの物語を抱いている。人々の秘密を胸に抱き、波を起こして消していく。だから、海はどこまでも深いのだ。

「お母さん、お好きな席にどうぞ。お茶を淹れますね。あたたかいお茶で大丈夫ですか？」

花びらと一緒に店に入ったヨンジャは、もじもじしながら立っていた。歓迎されることに慣れていないせいで、警戒心が先立ってしまう。でも、ジェハがあれだけすてきな場所だと言っていたんだから、きっと大丈夫よね。ヨンジャは肩にかけていたバッグを両手でしっかり持ち、入口からいちばん近い席に座った。

ジウンはヨンジャが座るのを待ってから、お茶の準備を始めた。不慣れな状況をすんなり受け入れられる人もいれば、警戒したり恐れたりする人もいる。長い歳月にわたって癒し茶を出しながら、ジウンは相手を尊重し、警戒心がやわらぐまで待つことを学んだ。

ヨンジャはゆっくりと店内を見回した。心地よいピアノ曲が流れている。ジェハの友達のヘインが家に遊びにきたとき、自分の好きな曲だと言って聴かせてくれた曲だ。音楽に耳を傾けながら、スマホを取り出してジェハからメッセージがきていないかどうか確認する。まだ仕事中だろうから、邪魔しちゃいけないわよね。ヨンジャは握りしめていたバッグをそっと隣の席に置いた。気まずさのない、静寂の時間だ。

ジウンは心を込めてお茶を煮出し、ヨンジャが座る席の前に向かった。ヨンジャが勇気を出して口を開く。

「こんにちは。ジェハからお話は聞いてます。あの子はものすごく想像力が豊かだから、てっきりまたおもしろいつくり話を考えたんだろうなと思っていたんですけれど。独特なコンセプトのクリーニング屋さんなんですね」

ジウンはカップを静かにテーブルに置き、にっこり笑いながらうなずいた。ヨンジャと目を合わせないようにして、カップにお茶を注ぐ。五十代半ばぐらいに見えるヨンジャは、髪をきちんと束ね、白いニットを着て、ゆったりした黒いスラックスをはき、ベージュのコットンジャケットを羽織っている。顔には化粧気がなく、手は荒れていてアクセサリーの類は一切つけていない。かつては美しかったであろう小さな手のひらに、いくつもタコができていた。ジウンは、ヨンジャがお茶を飲むのを待った。半分ぐらい飲んだら、心がほぐれてくるはずだ。魔法を使うより、相手の時間を尊重したほうが心の洗濯がうまくいくこともある。

「私はお茶を飲む習慣がないんですが、本当においしいですね」

ヨンジャははにかんで笑った。するすると警戒心が解けていく。ジウンはカウンターの外に出た。そして、椅子ひとつ挟んでヨンジャの隣に座った。向かい合っていないほうが、ヨンジャが楽に話せそうだ。

癒し茶を飲んだヨンジャはいつしかジャケットを脱ぎ、きちんとたたんでバッグの上に置いている。スカーフまでほどいた。今だ。

「〈心の洗濯屋〉だけでお出ししている癒し茶です。私がつくった特製ブレンドなんですよ。もう一杯、お注《つ》ぎしましょうか？」

「あ、はい……。こんなふうにお茶をごちそうになってばかりで申し訳ないわ」

「お気になさらず。ジェハが立派な会社に就職したじゃないですか。ジェハが支払いをしてくれることになってますから」

それを聞いて、ヨンジャは照れたように笑った。そして、ジウンが注いだ二杯目のお茶を、一杯目よりリラックスした様子で口に運ぶ。お茶をひと口飲むと、ヨンジャは宙を見つめながら言った。

「この町に来たのはすごく久しぶりなんです。ここに来れば、つらい気持ちが楽になるとジェハに言われたんですが、本当になんだか心がおだやかになりました。ありがとうございます」

ささやくような話し声を聞きながら、ジウンはさりげなくヨンジャの隣の席に移動した。距離が少し近づいた。ジウンは白いTシャツをヨンジャの右側にそっと置いて言った。

「人は誰しも、心に傷や痛みを抱えて生きていますよね。それぞれ種類が違うだけで、心の傷は誰にとってもつらいものです。心に染みついた記憶を消したり、シワのよった心にアイロンをかけたりすれば、楽になれることもあるんじゃないでしょうか。ジェハは、お母さんの心のシミを落としてあげたいと言っていました。このTシャツを着て、二階にお上がりください。それから目を閉じて、落としたい心のシミのことを思い浮かべてみてください。そのあとでTシャツを渡してくだされば、私がきれいに洗濯します」

「ジェハがそう言ったんですか？　あの子ったら……そんなことまで気にかけていたなんて。また子どもらしくない気遣いをさせてしまったわ」

ヨンジャはTシャツを受け取ると、赤ちゃんを抱くように大切そうに抱きしめて涙を浮かべた。やさしい子。ジェハは幼い頃からそうだった。子どもとは思えないほど大人びていて、いつも母を気遣っていた。そのことがかえってヨンジャを切なくさせた。アメ玉ひとつ買ってほしいとねだることのなかったジェハが映画をやりたいと言ったときは、内心うれしかった。

ヨンジャはため息をついて話を続けた。

「消したい心のシミですか。たくさんあります。多すぎて、どれから消したらいいのかわからないくらい。でも皮肉なもので、時間が薬になるという言葉は本当でしたね。あんなにつらかったのに、時が経てば過去になりました。それよりも、申し訳なさに心が痛んだ瞬間があります」

話にじっと耳を傾けていたジウンは尋ねた。

「どんな瞬間ですか?」

「ジェハがまだ小さかった頃、大家さんから急に来月出ていってくれと言われたんです。町内でいちばん家賃が安いから、その部屋に住んでいたのに。お金がなくて、夜に食堂の仕事をもうひとつ増やしました。ジェハを預けられるところがないので何日か食堂に連れていきましたが、いい顔はされませんでした。子どもが皿洗いをする母親の横でじっとしていられるはずがありません。小さな男の子がどれくらいやんちゃかご存じですか? かといって、子どもをひもで自分にくくりつけて働くわけにもいかないし……。だから、ジョンスンさんという知人とマリーゴールド町で暮らすようになるまで、一カ月ほどジェハをひとりで家に置いて、外から錠をかけて働きに出ていました。ひとりで留守番をさせていたら、ジェハがいなくなってしまいそうで。あの頃はそれがいちばん怖かったんです。五歳の子が自分で家に戻ることはできませんから。外から錠をかけるときは、本当に心苦しくて……ジェハの泣き声が聞こえると、なかなかその場を離れられませんでした。毎日、戸を挟んで二人で泣いていました」

「……」

ジウンは何も言わずにヨンジャの手をぎゅっと握りしめた。ヨンジャはジウンのぬくもりを感じながら、涙が流れるままに任せて静かに泣いた。

「ジェハは私が泣いていることに気づいたみたいです。何日かしたら、ぴたっと泣くのをやめました。たった五歳の子が唇をぴくぴく震わせながら、じっと涙をこらえているんです。それがまたつらくて、食堂に向かって歩きながらひとりで泣きました。ジェハの前で泣いたら余計に傷つけてしまうから。

この年になって思うと、子どものほうが親よりずっと立派です。この町に来て、ジョンスン姉さんにはすっかり世話をかけてしまいましたが、恥を忍んで生きるしかありませんでした。ジョンスン姉さんは日差しのような人でした。あたたかくて、賢くて、いつも笑顔で」

ヨンジャは、ジョンスンのことを考えながら微笑みを浮かべた。居候させてもらっていることをヨンジャが申し訳なさそうにすると、ジョンスンはいつも手を左右に振って言った。

「ねぇヨンジャ、愛されずに育った者同士、寄り添って、支え合って生きていかなくちゃ。たっぷり愛されて育った子たちは雲ひとつなく明るいじゃない？　私たちみたいに日陰で育った人間は、その近くにいるとまぶしくて焼け死んじゃうのよ。私は、焼け死ぬのはイヤだな。私たち、お互いの木陰になって暮らそうよ。恋愛にはもううんざりなの。結婚することはないと思う。だから、そばにいてほしい。私はさみしいの。私にはあなたが必要なのよ」

「そばにいてほしい」とか「あなたが必要」という言葉を聞いたのは、ヨンジャにとって初めてのことだった。ヨンジャを気遣って言ってくれたジョンスンの言葉は、あまりにも胸に深く沁みた。自分のことで精一杯だったヨンジャは、いつも日差しのように明るいジョンスンのつらさに気づけずにいた。

それ以来、ヨンジャはよりいっそう心を込めてジョンスンのために食事をつくり、服のアイロンがけをするようになった。一日中、立ち仕事をして脚がパンパンにむくんだジョンスンのために、夜はお風呂の準備をした。二歳違いのヨンジャとジョンスンは、お互いの親代わりになった。がんが見つかったとき、ジョンスンは病院で死にたくないと薬物治療を拒否して自宅に戻った。亡くなるまでの数カ月を過ごした日々が昨日のことのように生々しい。

「一緒に暮らしていたジョンスン姉さんにすごく会いたいです。もうこの世にはいないんです。ジェハがどうしてここに来いと言ったのか、わかるような気がします。この場所には心を解きほぐしてくれる力がありますね。さっきの花びらもとてもきれいでした」

ジウンはずっと前からヨンジャを知っているような気持ちになっていた。落ち着いた彼女の声に耳を傾け、微笑みながらうなずく。ヨンジャが心の奥に閉じ込めた言葉をすべてさらけ出すまで、話を聞いてあげたい。

ヨンジャはしばらく考えにふけってから、ふたたび話し始めた。

「後悔していることがあるんです……。ジェハが高校生の頃、あの子の父親から不治の病にかかったという連絡がありました。もう長くないからジェハに会わせてくれ、と。養育費すらまともに払わなかったくせに、死ぬ前に息子には会いたかったみたいですね。どうしたいかジェハに聞いたら、行かないという答えでした。説得することはできませんでした。ジェハは一度決めたら譲らない性格なんです。その後、彼が死んだという知らせがありました。せめてお通夜には行ったほうがいいような気がして、行き先も告げずにジェハを連れていきました。斎場の前にしばらく立っていましたが、中には入らずに帰りました。あのとき、入らないというジェハの手を引っぱって、父親の写真ぐらい見せておけばよかったのかなと思うことがあります。見せたからって何の意味もなかったかもしれませんが……」

ヨンジャはもう泣かなかった。涙すら惜しい。あんなやつには。

「私ったら、ついしゃべりすぎてしまって。ごめんなさいね。こうして話してみたら、なんだか心がすっきりしました。ありがとう。オーナーさんの笑った顔がジョンスン姉さんにそっくりで、さっきお会いしたときに驚いたんです。だから、こんなに話してしまったのかもしれません」

ヨンジャはハンカチで涙をぬぐった。ジウンはどの人生でヨンジャに会ったのかを思い出そうとしたが、思い出せなかった。記憶力はいいほうだと思っていたのに。百万回も人生を繰り返したから、すべてを覚えておくことが難しくなってきたのだろうか。

「お話しいただけてよかったです。私は話を聞くのが好きなんです。実は、私もお母さんとは初めてお会いしたような気がしません。きっと私たち、どこかで会ったことがあるんだと思います」

静かに涙を流すヨンジャのカップにお茶を注ぎ、ジウンもお茶を飲んだ。ヨンジャのために淹れた特製茶だが、お客さんと同じお茶を飲むと、相手の感情を共有することができる。音楽はいつしか終わり、心地よい静寂があたりを包んでいた。

「ところでお母さん、落とすことのできる心のシミはひとつだけなんです。そのTシャツを着て、どのシミを消すのかを選んでいただかないといけません」

ヨンジャは閉じていた目を開き、ジウンのほうに体を向けた。ジウンの瞳をまっすぐに見つめる勇気が湧いた。涙は消え、かすかな笑みが浮かんでいる。

「初めてお会いした方の前で泣くなんて失礼だとは思いましたが……今は爽快な気分です。久しぶりに泣きました」

「いいんです。こういう仕事をしていると、泣いていただけないほうが気まずいですから」

ジウンがそう言い、二人は声を上げて笑った。しばらく笑い合い、同時にお茶を飲んでカップをテーブルに置いた。

「昔は、自分だけが不幸で、苦労しているんだと思っていたんです。でも、今はその痛みを大切にして生きるようになりました。私だけがつらいわけじゃありませんよね。最近は、これまでの人生の中でいちばん幸せです。楽になれたんです。夕方、バスの中からきれいな夕焼けを眺めていると、涙が出そうなほど幸せな気分になります。昼間にバスに乗ったら、乗客が私だけだったこともありました。まるで貸切みたいに。どこかを旅しているような気分になれました。オーナーさんはバスに乗りますか？」

「バス……。私はこの近所に住んでいるので、バスに乗って出かけるということはないですね」

「出かける用事は、自分でつくればいいんですよ。今度バスに乗って町を一周してみてください。この町は、昼の景色もきれいなんです。大きい窓から外を眺めるのも楽しいし」

ジウンはうなずいた。バス旅行だなんて。この人生でやりたいことが増えていく。

「幸せはいたるところにあふれています。寝坊して仕事に遅れると思って慌てたら、実は休日だった、とかね。ホッとしてまた目を閉じます。二度寝の喜びを味わうんです。私は最近、こんな日常が好きです。心の傷を消したいと思ったことは、もちろん何度もありますよ。でも、あの日々があったからこそ、今日が幸せであることがわかるんです。だから、不幸だった日々の記憶を消したくはありません。あの瞬間があったからこそ今の私がいて、ジェハがいるんですから」

「あ……。はい……」

ジウンは驚いて目をぱちくりさせた。ヨンジャを導くためにそばをくるくる回っていた花びらたちも動きを止める。弱々しく見えたヨンジャは、実はたくましい人だった。自分の傷を大切にして生きていくなんて。ジウンの心に静かな共鳴が波紋のように広がっていく。その波紋は音符となって音楽を奏でる。ジウンには、ヨンジャの言葉が美しい旋律のように聴こえた。

「私、通信制大学に入学したんですよ。カウンセリング心理学を学んでいます。他人の心の傷を理解して共感するうえで、自分が抱いている傷が大きく役立っています。人生って、本当に奇妙ですよね。あの頃はつらくて死にそうだったから、もう勘弁してほしいって神様にお願いしていましたが、振り返ってみるとその傷もすべて私の人生でした。傷がなければ、私もいなかったんです。今やっている勉強が終わったら、食品栄養学科に入学します。食べ物って、人を生き返らせるんですよ。おなかの中があたたかくなると、生きる気力が湧いてきます。一生懸命に勉強して、人を元気にする食堂を開くつもりです。残りの人生は、やりたい勉強と仕事に思いきり打ち込もうと思っているんです」

ヨンジャは恥ずかしそうに笑い、胸に抱きしめていたTシャツを着た。ジウンは少し緊張した。心のシミは消さないと言っていたのに。もしかして、私には読み取れなかった大きなシミが残っているのだろうか。ヨンジャはカウンターの椅子から立ち上がり、ジウンを見つめた。

「私は自分の人生が嫌いではありません。昔は、私まで私の人生を嫌うなんてあまりにも哀れだから、無理やり好きになろうとしていたんです。でも、今は自然と好きになれました。自分の人生がとてもすてきなものに思えます。だけど、息子からのせっかくのプレゼントは受け取らなくちゃ。シミは落とさずに、思い出すときに心が痛まないように、少しだけシワにアイロンがけをしてください」

ヨンジャがそう言い終わると、静かに待っていた花びらたちがくるくる回り出した。ジウンが笑顔を見せる。花びらはヨンジャの足元を回り、拍手の音が聞こえてきそうなほどにぎやかにヨンジャを二階のランドリールームのアイロンの前へと連れていく。ヨンジャは驚きに目を丸くして、花びらたちのもてなしを喜んだ。

「まぁ、あんたたち。何度見ても本当にきれいね。今日はとても不思議な日だわ」

生きていてよかった。生まれたから生きて、生きているから呼吸をした。死なないから生きた。でも、今は生きているから生きたくて、生きたいから生きていられるということが幸せだ。幸せな人生をつくるのは他人ではなく、自分の心の持ち方だ。ヨンジャは長い時間を経て、ようやくそのことに気づいた。幸せになるにも練習が必要なのだと知るために、このはてしなく長い不幸のトンネルをくぐり抜けてきたのかもしれない。

生きているかぎり、どんな心のシミも美しい。人生は短く、いいことばかりを考えるだけでも時間が足りないくらいだ。それを噛みしめながら今日を生きられることがうれしい。物思いにふけっていたヨンジャはふと我に返り、ていねいにTシャツのアイロンがけをするジウンの後ろ姿を見ながら、「ジョンスン姉さんに娘がいたら、あんなふうにきれいだっただろうな」と思った。

「どうぞ。シワをきれいに伸ばしておきました。でも、ご存じですよね？　服を着たら、またシワができるってこと」

「もちろん。シワも含めて、すべて私の人生ですから。まだ服があたたかいですね。どうもありがとうございました」

ヨンジャはTシャツを受け取り、ジウンの手をそっと握った。手のぬくもりは心臓へと流れ込み、生きるためのぬくもりを宿す。ヨンジャとジウンのぬくもりが互いの心を行き交った。ジウンはいちだんと安らいだ気持ちになった。

「ヨンジャさ〜ん、いるんでしょ？　仕事終わったよ！」

〈心の洗濯屋〉の扉を開けて、ジェハが騒がしく入ってきた。ジウンとヨンジャは顔を見合わせて笑う。くるくる回る花びらたちが二人を包み込むように乗せ、一階のジェハの前へと連れていく。二階を見上げていたジェハは驚いて後ずさった。

「あ〜、びっくりした。ヨンジャさん、もう花びらに乗れるようになったの？　さすがだなぁ。メチュリアルジャンチョリム〔ウズラの卵の醤油漬け〕、つくってきてくれたよね？　俺、白ごはん持ってきたんだ。さぁ食べるぞ！　オーナーも一緒に食べましょう。ヨンジャさんの手料理、超ウマいですよ！」

ジェハの楽しげな声があたりに広がる。三人は一緒に笑った。人のぬくもりは何よりも強くあたたかい。やや肌寒い秋の夜だが、店内はぽかぽかしている。

「ところで、今日はオーナーのワンピースの花が紫色に見えるんですけど」

「そう？　私にはいつもどおり赤く見えるわよ」

「今は赤ですね。さっきは一瞬、紫色っぽかったのに。最近オーナーの服の花柄につい目がいっちゃいます。ヨンジャさんが花好きだから影響されたのかも。アハハ」

トントントン。


そのとき、店の扉をノックする音が聞こえた。誰かしら？　訪ねてくる人はいないはずだけど。

ジウンは扉を開けた。

「イ・ヨニさんからお届け物です。〈心の洗濯屋〉でお間違いないですか？」

宅配ドライバーが小さなボックスを差し出した。便利な世の中ね。昨日ヨニから宅配便を送ったと連絡をもらったばかりなのに、もう届くなんて。ジウンは伝票に受け取りのサインをしつつ、ドライバーの手首にふと目を留めた。左手に秒単位まで大きな数字が表示されたデジタル時計をはめ、右手にもスマートウォッチをはめている。ドライバーはジウンにぺこりと頭を下げて背を向け、伝票に配達完了時刻を書き込むと、キャップを深くかぶり直して暗い路地へと入っていった。

扉を閉めようとした瞬間、ジウンは闇の中から誰かに見つめられているような気配を感じた。

「誰？　そこに誰かいるの？」

闇の中に向かって叫んだが、何の気配もない。ジウンは首をかしげながら外に出て、あたりを見回した。夜空を見上げて大きく息を吸い込む。海の匂い、そして落ち葉の香りが冷たい風に乗って流れ込んできた。パチパチと焚き火の音が聞こえてくる。季節はとても誠実だ。音もなく夏が去り、秋がやってきた。

「ヨンヒおじさんが配達に来たんだな。オーナー、ひとりで何してるんです？　冷めないうちに早く食べましょうよ！」

ジェハがジウンの腕を引っぱった。

「ヨンヒおじさん？」

「はい、うちの町内で長年働いてるキム・ヨンヒさんです。どこから来たのか、何をしてた人なのかは謎なんですけど、いつも重い荷物を配達してくれるんですよ。坂の上に住んでるお年寄りの荷物を代わりに運んであげたりもしてるし、力仕事をお願いすると文句ひとつ言わずに引き受けてくれて。俺たちはヨンヒおじさんって呼んでます」

「いい人なのね。入ろう」

ごはんを食べなくちゃ。そうよ、ごはんを食べるの。しっかり食べて、また生きていこう。生きて、ヨンジャさんに教えてもらったようにバスに乗って町を見物して。そんなふうに生きてみよう。

生きてみよう、と言ったら、口元が少し上がった。

生きるって、意外に悪くないかもしれない。

夕食を食べ終えると、ヨンジャとジェハが帰っていった。仲よく手をつないで歩いていく親子の後ろ姿を見つめながら、ジウンは彼らの平穏を祈った。

自分に課した、終わらない人生の封印を解くために〈心の洗濯屋〉を始めた。心の傷をすべて消したいと願うお客さんが大半だろうと思っていたが、ヨンジャさんのようにアイロンをかけるだけでいいという人もいる。ジウンは〝心〟の正体を知りたくなった。

目に見えず形もないのに、心はとても強い力を持っている。あらゆることが心から始まり、心で解決されて、心で終わる。心から花が咲くこともあれば、不幸が生まれることもある。心はすべての始まりと終わりのカギなのだろうか。

ジウンはヨニから送られてきた小包を持って、〈ウリプンシク〉に向かった。こんなふうに、あらためて心のことを考えるのは初めてかもしれない。百万回も人生を繰り返してきたのに、心の中をのぞきこむことも、心について考えることもなく生きてきた。

心は花に似ている。日光に当てて世話をすると花開き、しおれたり朽ちたりしながらも、香りを放って虫を引き寄せ、そのうちまた葉をつけて、花を咲かせる存在。

美しさと悲しみは、背中合わせのセットなのだろうか。美しいだけの心は存在しないのだろうか。そもそも、美しさとは何なのだろう。喜びは美しく、悲しみや痛みは美しくないとみなされがちだが、ひょっとしたら逆なのかもしれない。悲しみや痛みこそ美しく、喜びは美しくないものだと知るのはつらすぎるから、真実が伏せられているのかもしれない。わからない。こんなに長く生きてもわからないことだらけだ。


「おばさん、まだ店じまいしてなかったのね。このあいだ膝が痛むって言ってたから、ヨニがおばさんにって宅配便を送ってきたのよ」

「あらま、ヨニが？　いい子だねぇ。こんなもの買ってくれなくたっていいのに……悪いわねぇ」

そう言いながらも、〈ウリプンシク〉の店主は顔を輝かせた。たしかに最近、店主はよく膝をさすっている。ジウンは赤いテーブルの上に小包を置いた。油汚れがこびりついたテーブルは今日もべたべたしている。

「ねぇ、この油汚れって、取れないの？」

ジウンは人差し指でテーブルをぺたぺた触りながら言った。長ネギの下ごしらえをしていた店主は、ふきんを持ってやってきてテーブルをごしごしこすった。

「ずっと使ってるせいかねぇ、落ちないんだよ。しょうがないさ。こうやって拭いても落ちないんだから。いいんだよ、うちの店にはこういうのを気にしないお客さんしか来ないし」

「おばさん、だからここはテイクアウトのお客さんばかりなのよ。店内で食事をしてもらうには、テーブルをきれいにしておかなくちゃ。新しいテーブル、私が買おうか？」

「いいのいいの。お客さんが増えたら、ひとりで商売ができなくなるだろ。これ以上、稼いでも意味がない。今ぐらいで十分だよ」

店主は長ネギを左右に振りながら言った。たしかに、この店に新しいテーブルを置いてもしっくりこないかもしれない。古ぼけたアルミ鍋とプラスチックのお皿にこだわるこの店には、妙な居心地のよさがあった。店主は長ネギを片づけ、小包を開けてサプリメントのびんを眺めている。

膝をさする店主を見ているうちに、ジウンの膝もずきずき痛んできた。どうしたんだろう。感情が伝染するように、体の痛みも伝染するのかしら。

「ところで、それを飲めば膝の痛みが消えるの？　最近、私も膝がずきずきするのよね。長く生きてるせいかしら」

「そうなのかい？　ジウンさんも飲んでみな。若いうちから気をつけとかないとね。じゃなきゃ、あたしみたいに年とってから苦労するよ。ほら、ひとびん持ってって」

「ううん、おばさんが飲んで。私もヨニに送ってもらうから」

「いいってば。これをまず飲んでみて、効くようだったらまた頼めばいいじゃないか」

「じゃあ……そうしてみようかしら」

ジウンは根負けしたようにびんを手に取って立ち上がった。そろそろ洗濯屋を閉めなくちゃ。

以前は昼過ぎにオープンして深夜まで店を開けていたが、〈ウリプンシク〉の店主が〈心の洗濯屋〉が閉まるまで店を開けていることに気づいてからは、遅い時間まで営業するのをやめた。

〈心の洗濯屋〉の営業が終わるまで待ってくれる気持ち。人通りのない深夜になっても、うとうとしながら待ってくれるその気持ちが最初は理解できなかった。でも、いくつもの季節を共に過ごしてきた今は、食堂の灯りを見るとやけにホッとする。店主が膝の病院に行くために早く店じまいをした日は、ジウンの足にも力が入らなくなる。人とはじつに妙な存在だ。お互いに適度な距離を保つ必要があるが、そばにいればこそ生きていけるものなのだろうか。

〈ウリプンシク〉を出ようとするジウンの手には、あたたかいキンパが二本入った黒いレジ袋が握られている。明日のごはん用よ、と店主は帰り際にいつもキンパを二本渡してくれる。もう片方の手にサプリメントのびんを持ち、ジウンはドアを開けて振り返った。

「おばさん、体を壊さないようにしっかり体調管理して、長〜く生きてね。病院代を惜しんじゃダメよ。もし足りなかったら、キンパ代として私が払うから」

「そうするよ。ジウンさんがいるから心強いねぇ。年寄りが病気をするのはめずらしいことじゃあない。あちこち痛む体をなだめながら残りの日を生きてくもんさ。早く帰りなさい。ヨンジャをもてなすので大変だっただろ。今日もごくろうさん」

ジウンを見送って、店主はあくびをひとつする。店主の一日も終わりだ。

〈ウリプンシク〉の店主は、ガラスドアの外をジウンが歩いていく姿を満足げに見つめた。今にも倒れそうなほどやせて弱々しかったジウンが少しずつ生気を取り戻している。ジウンは店主が毎日、具を変えてキンパを渡していることにも気づいていないけれど。捨てずにきちんと食べているなら、それでいい。

ふと見ると、店主のそばに赤い花びらがまだとどまっている。店主は人間のように立っている花びらたちの一枚をポンと叩き、笑顔を見せた。

「お花さんたち、心配しなさんな。何ごとにもタイミングってもんがあるからね。じきにいいことが起こるよ。信じていればそうなるものさ。だからあんたたちもそろそろ帰りなさい」

店主の言葉を聞くと、花びらたちはくるくる回りながら消えていった。あたたかな思いやりに満ちたこんな夜は、やさしい眠りが訪れる。路地を照らすほのかな月明かりも微笑んでいる。太陽に照らされていなくても、昼より明るくあたたかい夜。闇の中にいるとしてもそこは必ずしも闇ではなく、光の中にいるとしてもそこは必ずしも光ではない。闇の中にも輝きがあり、光の中にも暗闇がある。

今夜はやさしい夜だ。

海風に乗って噂が広まり、丘のてっぺんの〈心の洗濯屋〉にはしばらく大勢のお客さんが押し寄せた。ジウンは試験に失敗して落ち込む高校生をはじめ、それぞれに理由も形も異なる心のシミを落として傷を癒すのに大忙しの日々を送った。お茶をこまめに淹れ、お客さんの話に耳を傾け、花びらを送り出し、洗濯とアイロンがけを繰り返した。

金曜日の夜になって、ようやくひと段落ついた。ジウンは早めに店を閉めて来週の営業準備をすることにした。看板の灯りを消し、花びらを海へと送り出す。花びらたちは風にくるくると舞い、香りを振りまいた。二つの能力を完成させて今回の人生で死のうと決めてから、ジウンはこれまでのどの人生よりもはつらつと生きている。〝死ぬ〟ことと〝生きる〟ことはまったく違う。死のうと決心して、懸命に生きる日々だ。

ジェハとヨニが仕事帰りに洗濯屋に立ち寄るときは、たまにヘインもやってきて、音楽を聴きながら一緒に食事をしていく。ヘインは写真の個展開催に向けて準備を進めている。ヨニは十年連続で優良従業員に選ばれ、本社の接客研修リーダーに昇進したとご機嫌だ。

お互いの日常を共有し、平和だとすら感じる毎日だ。平和だなんて。こんな気持ちを味わっていいのかな。本当にいいのかしら。心地よさや幸せを感じるたびに、恋しい家族に申し訳なくなる。ジウンは郷愁と罪悪感を振り払うように手を動かし、白いTシャツをきちんとたたんで引き出しにしまった。

「手伝いましょうか？」

遅い午後、クッキーを持ってやってきたヘインが、Tシャツをたたむジウンの隣に立った。ジウンが目でうなずくと、ヘインは微笑んで一緒にTシャツをたたみ始めた。しっかり乾いた清潔な白いTシャツからは、おひさまの匂いとさわやかな洗剤の香りが漂っている。

(真っ白でいい香りだな。まるでジウンさんみたいだ。落ち着くなぁ)

「はい？」

「えっ。あの、僕、何か言いましたか？」

「真っ白でいい香りだな。まるでジウンさんみたいだ。落ち着くなぁ、って」

「あ……」

ひとりごとが口から飛び出したことに驚き、ヘインの耳はリンゴのように真っ赤になった。

（どうしよう）

「どうしようって、どうしようもないでしょ。私は色白できれいだし、いい香りがするし。人を落ち着かせちゃうんですよね」

「えっ。どうして思ったことがどんどん口に出てしまうんだろう。ふだんは口数が多いほうじゃないんですけど……」

驚くヘインを見て、ジウンは大笑いした。本当に純粋なのね。

「私には話したいことがたくさんあるみたいですね。まだお時間ありますか？」

「え、あっ、あります！」

「じゃあ、このTシャツを全部たたんでもらえます？　私は二階を片づけなくちゃいけないから。ありがとうございます！」

ジウンはヘインに山盛りのTシャツを渡し、くるりと背を向けた。赤い花びらたちが二人のまわりを一周した。

ドキ、ドキ、ドキ。変ね。どうしてこんなに心臓が高鳴るのかしら。背を向け合った二人は、そっと胸に手を当てた。お互いが同じように心臓の鼓動をたしかめていることを、二人は知らない。

「やっぱり二人でやると早く終わりますね。今日はちょっと疲れていたんです。助かりました。まだお時間大丈夫だったら、洗濯物を干すのも手伝っていただけますか？」

「はい、手伝いますよ。何だって！」

ヘインが答えると、赤い花びらが二人の足元に集まってきた。エミリー・ディキンソンの詩のように〝魂の馬車〟になった花びらが二人を乗せて愛らしく回る。恋に落ちるのにかかる時間はどれぐらいなんだろう。胸がときめくって、こんな気分なのかしら。ジウンは不慣れな感情に少し戸惑った。でも、心地よい違和感だ。

「この花びら、本当にきれいですね」

「きれいでしょう？　ずっとこの子たちがいてくれたから、さみしくなかったんだと思います」

「ありがたい存在ですね」

「午後なのに、まだ日差しが強いですね。洗濯物を干すのにちょうどいいお天気だわ」

ジウンがバスケットから洗濯物を取り出してヘインに渡す。ヘインは洗濯物を受け取ると、パンパンはたいてから物干しロープにきちんとかけた。午後のあたたかな日差しが二人の背中を照らす。

日差しに照らされたジウンを見ながら、ヘインはこの時間が永遠に続けばいいのにと思った。これまでの人生で、終わらないことを願った瞬間はあっただろうか。悲しみを心の中で耐えてきたヘインはいつも時が早く過ぎ去ることを願い、何かを手にしたいという欲望ではなく、あるがままの現在を受け入れることだけに慣れていた。ところが、心に見知らぬ風が吹いている。いつか振り返りたくなる場面があるとしたら、まさに今この瞬間ではないだろうか。

「白い洗濯物が屋上に干してある光景って、すごくきれいでしょう?」

「はい、本当にきれいです。カメラを持ってくればよかったな」

「目に収めてください。それから、心に収めるんです。本当に美しい風景って、写真には収まりきらないじゃないですか。写真を撮るのもいいけれど、永遠に大切にしたい瞬間は少しも見逃さないようにじっくり味わって、心の中にしまっておいたほうがいいような気がするんです」

ジウンの言葉にヘインがうなずいた。向かい合った二人は、どことなく似通ったさわやかな笑顔を浮かべる。白い洗濯物がはためく屋上で肩を並べ、日が沈んでいく光景を一緒に眺める。永遠に大切にしたい美しい瞬間、今がまさにそのときだ。

ドンドンドン！

洗濯物を干して一階に下りてくると、大きなノックの音が聞こえた。

ヨニが送ってくれたサプリメントが届いたらしい。ジウンは引き出しを閉め、ドアのほうへ向かった。ジウンの歩み　に合わせて、黒いワンピースの赤い花びらが踊るように動く。

「お届けものです」

ジウンは宅配ドライバーのヨンヒが差し出した伝票にサインをしながら、彼が手首にはめている二つの時計に目をやった。そうだった、この人はこの前も両手に腕時計をしてたわね。

ヨンヒは伝票を受け取ると、デジタル時計を見て配達完了時刻を記入した。ジウンに小包を渡してからも、何か言いたそうにもじもじしながら立っている。やがて決心したように帽子を脱いで小脇にはさみ、四つ折りにした紙をベストの六つのポケットの一つから取り出した。ヨンヒはうつむいたまま、端がすり減った紙をジウンにおずおずと差し出した。

「あの……以前この紙を偶然見つけて、とっておいたんです。ここで……合ってますよね？」

心のシミを落として、
つらい記憶を消して差し上げます。

あなたが幸せになれるなら、
心のシワのアイロンがけ、心のシミ抜き承ります。

どんなシミでも落とします。
どうぞお越しください。〈心の洗濯屋〉へ。

—店主—

ジウンはシワシワの紙に書かれた文言に目を走らせてうなずいた。何度も広げたりたたんだりしたらしく、紙はほとんど破れかかり、セロハンテープでかろうじてつながっている。どんな気持ちでこのチラシを胸ポケットにしまっていたのだろう。癒し茶がちょうど一人分残っていたから、店を閉めて飲もうとしていたところだった。本日最後の癒し茶が必要な人はここにいたのね。

「はい、ここが〈心の洗濯屋〉です。このチラシはオープンしたときにつくったものなんです。久しぶりに見ました。今日の配達はここが最後ですよね？　お入りになって、のどを潤していってください」

「いや、でも、一日中配達したあとで汗くさいので……」

「大丈夫です。ここはクリーニング屋なんですから。問題ありません。どうぞお入りください」

ヨンヒは頭をかきながらためらった。入りたいけれど入ってもいいのだろうか、という迷いの色がありありと顔に浮かんでいる。ジウンはドアを開け、手招きしてから先に店に入った。ジウンにできるのはここまでだ。勇気を出して中に入るかどうかは、ヨンヒの心にゆだねられている。ジウンは大きく息を吸い、海側の空に向かって花びらたちにサインを送った。海風をまとって帰ってきた花びらが洗濯屋のまわりを舞う。ヨンヒは花びらを見ても驚かなかった。実は、前にも一度見たことがあるからだ。

〈心の洗濯屋〉が生まれた日、ヨンヒも建物が生えていく光景を偶然目撃した。配達後にトラックの中で仮眠を取って目を覚ましたとき、自分の前で起こっていることが信じられなくて何度も目をこすった。そして、ジェハとヨニが建物をのぞき込んで中へと入っていく姿を見守った。

ヨンヒはトラックの窓に飛んできたチラシをポケットに入れた。いくつもの季節にわたって、ジウンと洗濯屋を出入りする人々に目を光らせた。怖さもあったが、この町に突然現れた見知らぬ人物が理由もなく慈善活動みたいなことを始めるなんておかしい、と思った。〈心の洗濯屋〉で何か妙なことが起こったら、すぐさま助けに駆けつけるつもりだった。配達の合間に店の様子を観察し、時間帯別に記録した。

ところが、〈心の洗濯屋〉から出てくる人々は一様におだやかな微笑みを浮かべていた。涙を流している人やため息をつきながら出てくる人もいたが、その誰もがすっきりと晴れやかな表情をしていた。

ヨンヒの疑念は、洗濯屋の店主である女へと向かった。毎日、夕日を見つめながら涙を流している女。まるで花びらのように見える涙を流す女を見守った。誰かを傷つけるような人には見えなかった。

洗濯屋の木の階段を下りたヨンヒは、何かを決心したような表情で、ぐっと閉じた下唇を噛みしめた。

「もしかしたら、これは一生に一度の幸運かもしれない」

ひとりでつぶやいて、階段の前で靴の泥を払い、脱いだキャップを両手で握りしめて時計を見た。時刻は、午後七時七分から八分に変わろうとしていた。

「七時八分……」

時計に水のしずくが落ちた。ポツ、ポツポツ……。雨だ。

ヨンヒは大きな雨つぶに驚き、雨を避けようとして無意識に七段の階段を駆け上がった。花に包まれた軒下に立つ。ドアを開けるというのは、ヨンヒにとってずっと難しいことだった。宅配ドライバーの仕事を選んだのは、自分から開けなくても受取人がドアを開けてくれたり、指定の場所に荷物を置いてきたりするだけでいいからだ。ドアノブをつかんで回すこと。他の誰かにとっては何でもないことでも、ヨンヒにとっては大きな覚悟が必要だった。

激しく降り注ぐ雨つぶが木の葉を揺らしている。ヨンヒは木の葉に向かってこくりとうなずき、また時計に目をやった。七時十一分、〈心の洗濯屋〉に足を踏み入れる。カップラーメンができあがる三分という短い時間に、三十年の歳月が凝縮された。止まっていた彼の時計が心臓の中でコチコチと動き始める。

爆発しそうだ。心臓か、あるいは、時計なのか。

午前八時五十五分。ヨンヒは玄関の前でカバンを持ったまま、落ち着かない様子で時計を見ている。不安そうに爪を噛み、九時になったのをたしかめると、しぶしぶドアを開けて家を出た。このドアを開けたくない。永遠に閉めておきたい。

「ヨンヒ、今何時だと思ってる？　おまえときたら毎日遅刻だ。手を上げて立ってろ！」

学生服が濡れるほど背中に汗をかいたヨンヒは、生徒指導の教師に怒鳴られて手を上げた。〝遅刻常習者〟のヨンヒは、手を上げて立たされ、運動場を走ることに慣れている。学校までは家から徒歩で十分しかかからない。父は大学教授、母は弁護士、そして兄は高校で学年トップの優等生だ。

いつも忙しい家族たちは、時間を厳守する。ヨンヒは家族全員が出かけたあとに、食卓に置かれた二切れのサンドウィッチをゆっくり食べる。

家には十時ぴったりにお手伝いのおばさんがやってきて、午後二時まで掃除や洗濯、お惣菜づくりをする。おばさんは午後二時十分になると、その日の業務を記録して帰っていく。ヨンヒはこの時間を見計らって、ときどき家に逃げ帰ってくる。

「お兄さんはこの町で成績トップ、ご両親は教授と弁護士なのに、おまえはどうして毎日遅刻なんだ！　少しは兄さんを見習え。チッ、まったく……。教室に入れ！」

表情もなく手を上げて立っているヨンヒに向かって、教師は舌打ちする。同じ中学を卒業した兄は町内一の秀才として知られていた。ヨンヒの隣で手を上げている生徒たちは、彼を取って食いそうな目でにらみつける。それに気づいたヨンヒは、教師に言った。

「あの、先生……。僕もトイレ掃除をします」

「何言ってる！　早く行け！　そこの二人は早く一階のトイレを掃除してこい！　もう遅刻するんじゃないぞ」

教師はヨンヒにトイレ掃除をさせたという事実が、学校運営協議会の会長を務める彼の両親の耳に入ることを心配しているらしい。いっそ知られたほうが楽なのに。ヨンヒは力ない足取りで二階の教室へと向かった。ドアのすき間から教室内をのぞくと、すでに一時間目の授業が始まっている。ドアを開けなきゃ……。目をぎゅっとつむって教室のドアを開けた。

教室内の雰囲気は冷ややかだ。ヨンヒは授業をしている教師に深く頭を下げてから着席した。さあ、始まりだ。どうか放っておいてくれ、どうか、どうか。授業終了のチャイムが鳴るまでのあいだ、時計の秒針と分針の音がずっと激しい鼓動のように聞こえる。不安でたまらない。

キンコンカンコン。

休み時間を知らせるチャイムが鳴った。教師が教科書を持って出ていき、騒がしい秒針と分針の音も止まった。目を閉じて座っているヨンヒの前に彼らがやってきた。

「おい。早く学校に来て、俺らの机を掃除しとけって言っただろ。俺の命令を無視すんのかよ?」

ヨンヒは顔を上げることができず、目をぎゅっと閉じた。カバンをつかむ。逃げなきゃ。逃げなきゃ。心の中で叫ぶヨンヒの頭に、白い液体が注がれた。腐敗臭が漂う。今日のはまだましなほうかもしれない。

「おっと、手がすべったわ。わりぃ。これ、飲めよ」

ジンスはヨンヒの口をこじあけて、腐ったパック牛乳を流し込んだ。

「ううっ。や、やめ、ろよ……」

「何言ってんだテメエ。俺に向かって、やめろって言ったのか?　ふざけんじゃねぇよコラ。おい、こいつを外に連れ出せ」

「わ……悪かったよ。ごめ……ん」

「おやおや、反省なさったんですか？　だったら最初から逆らうんじゃねぇよ。それとも、親にチクるか？」

ヨンヒが泣きながらひきずられていっても、誰もジンスを止めようとはしない。ジンスは校内一ケンカに強い生徒だ。ヨンヒは切実な表情でクラスメイトを見つめたが、全員に目をそらされた。以前、担任教師を呼びにいった生徒がジンスにひどく痛めつけられたせいだ。ヨンヒはあきらめたようにふたたび目を閉じた。時間が経つのを待つしかない。授業が始まればジンスのいじめは終わる。この時間さえ過ぎれば。今さえ耐えれば……。本当に終わるのだろうか？


キンコンカンコン。キンコンカンコン。

そのとき授業開始のチャイムが鳴り、ジンスと取り巻きたちは席に戻った。止まっていた秒針と分針がまた動き始める。十分間が永遠より長く感じられることがある。そんな十分がようやく終わったのに、五十分経てばまた次の永遠がやってくる。ヨンヒは殴られたことを教師に気づかれないように教科書を立てて頭を深く下げ、時計と教室のドアを交互に見つめた。逃げたい。あのドアを開けて、次の休み時間が来る前に。あいつらがまた集まってくる前に。ドアを開けて外に飛び出したい。願いはそれひとつだけなのに、そのひとつがこれほど難しいとは。

「急に降り出しましたね。濡れたでしょう？　まずはこれでお体を拭いてください」

ジウンはヨンヒにタオルを差し出した。〈心の洗濯屋〉に入ってきたあと、ヨンヒは目を閉じてその場に立ちすくんでいた。回想にふける彼の表情は、苦しみにゆがんでいる。洗濯よりぬくもりが必要な人々がときどきいるが、ヨンヒがまさにそうだ。できることなら、心を取り出して抱きしめてあげたい。ジウンの心を読んだ花びらたちがワンピースのすそから抜け出し、白いTシャツをヨンヒの元に運んだ。ヨンヒは花の風に気づいて目を開け、少し表情をやわらげた。彼は習慣のように時計を見てから花びらに目をやり、ジウンを見た。

「おそれいります……。ありがとうございます」

ヨンヒはジウンにぺこりと頭を下げてタオルで体を拭き、花びらたちからTシャツを受け取ると、さっきまで思い浮かべていた過去を振り払うために頭を振った。三十年前の記憶が昨日のことのように生々しい。つらい記憶を忘れたくて、遠く離れたこの町まで逃げてきた。長い年月が流れた今も、ジンス一味から暴力を受けた心の傷は癒えていない。ささやかな記憶が今を生きる希望になることもあるが、ある種の記憶はどこまでもつきまとって心をひねり上げる。忘れたい。忘れる方法があるのなら、何としてでも忘れたい。

「こちらにお座りになって、お茶をどうぞ。ちょうど一杯分残っていたんですよ。ヨンヒおじさんのためだったんですね」

ジウンは癒し茶をカップいっぱいに注いで渡した。ヨンヒが抵抗なく飲めるように、素朴なカップを選んだ。

のどが渇いていたらしく、ヨンヒはぬるい癒し茶を一気に飲み干した。深く傷ついている人には、どんななぐさめの言葉も届かない。ジウンは自分に癒し茶を出す能力があってよかったと思った。あれ？　この匂い。ヨンヒおじさんから漂う、焚き火みたいな匂いになじみがある。なぜかしら。

「あの……実は、以前から〈心の洗濯屋〉を観察していたんです。悪気はありませんでした。信じられない光景を目撃したから、町におかしなことが起こるんじゃないかと心配で」

ジウンの考えを読んだかのようにヨンヒが言った。そろそろ癒し茶の効き目が表れてくる頃だ。ヨンヒの警戒心がやわらいでくると、花びらは動きを止めてジウンのワンピースへと戻った。

「ずっと誰かに見つめられている気配を感じていました。そんなときは決まって焚き火の匂いがしたんですが、ヨンヒおじさんだったんですね。悪意ある視線ではなかったから、待っていたんです。いつか私の前に現れそうな気がして。この洗濯屋、やっぱり気になっちゃいますよね」

軽く微笑んだジウンの瞳がいたずらっぽく光った。ここで多くの人に会ってきたせいか、この頃は口数が増え、軽口をたたきたくなることがある。おどけてみせたことに気づいてもらえることは少ないけれど。

「あぁ、はい。私が見ていることに気づいていらっしゃったんですね。ご迷惑をおかけして申し訳ありませんでした」

「謝罪のお気持ちは受け取ります。でも、気になさらないでくださいね」

「あのぅ……ところで、古い心のシミも落とせますか？」

「はい、これまでに何度か落としたことがあります。さっき花たちが運んできたTシャツに着替えて、二階のランドリールームに行ってください。目を閉じて消したい記憶を想像すると、シミがTシャツに浮かび上がります。それを洗濯すると、心のシミが落ちるんです。ご存じですよね？」

「はい。そのあと、屋上に干して……。そうだ、気になっていたことがあるんです」

「何でしょう？」

「物干しロープにかかっている服はどこに行くんですか？　服も花びらになるんですか？」

いつもとは違って、たくさんの質問があふれてくる。これまで口を堅く閉ざして生きてきたが、今日は妙に勇気が湧いてくる。いったいどうしたんだろう。

「今持っていらっしゃる、そのTシャツが屋上でしっかり乾かした服なんです。乾いた服から花びらが出てくることはありません。沈む太陽に向かって飛んでいく花びらは、人の心のシミから出てきた傷です。私は、花に変わった傷を太陽に向かって飛ばしているんです。傷は太陽の熱で燃えて光になることもあるし、夜の星になることもあります」

「ありえない。傷が花びらや光になるなんて」

「ありえないことを可能にするのが〈心の洗濯屋〉なんですよ」

「……でも、私の傷は花に変わったりはしないと思います」

「お気持ちはわかります。誰にとっても、自分の傷はとても大きくて痛むものですから。あまりにも痛みが強いと、治療する勇気も出せないし、軟膏《なんこう》すら塗れません。それで、傷を心の中に押し込めて生きていくことになってしまうんです。体についた傷なら、そのうち血が止まって、かさぶたができますが、心の傷にはかさぶたができません。切り傷が開いて痛むみたいに、心の傷も何度も開いて痛むことがあるんです」

「……わかります。痛みます……」

Tシャツをぼんやり見つめていたヨンヒは、ベストを脱いで椅子の背にかけた。それからTシャツを着て、時計を見た。午後八時五十五分だ。いつの間にこんなに時間が経ったんだろう……。驚いた目でジウンを見る。

「店長さん。私がこんなに長居してしまって、ご迷惑じゃないですか？」

「長くいらっしゃるのはたしかですけど、ヨンヒおじさんが心に傷を抱いてきた時間に比べたら、たいしたことはありません。気にしないでくださいね」

ジウンはヨンヒの心を読んだ。花びらたちは腕組みをして微笑むジウンを見て、ヨンヒのつま先のまわりを回り、蝶のようにひらひらと二階へ上がっていく。早くおいでと誘うような花びらのあとをついて、ヨンヒは足を踏み出した。

一歩、二歩……。ヨンヒはこれまでの人生を思いながら歩を進めた。お茶を飲んで話をしただけなのに、人生を懸けた一歩を踏み出す勇気が生まれたことが信じられない。大きく息を吸いながら、力強く歩いていく。一歩、また一歩、ランドリールームに向かって階段をのぼっていく。彼が着ているTシャツのあちこちに少しずつシミが浮き上がってきた。

いつしか、時刻は午後九時五分になっている。

階段をのぼりきったヨンヒは、ひとりでに開いたドアを通り過ぎて、しばらく目を閉じた。呼吸を整えてランドリールームに入った瞬間、日差しを浴びたような錯覚をおぼえた。夜の室内にもかかわらず、太陽の光に照らされたような輝きを感じた。

ずっと観察していた建物の室内は、思っていた以上にあたたかくて心地よい。外から見えるものと中から見えるものはいつも違う。その違いを決めているのは、個人の思考と視線なのかもしれない。人は自分が見たいものを見て、聞きたいことを聞き、感じたいことを感じるものだから。そして、人は自分が見せてあげたいものを見せ、聞かせてあげたいことを聞かせるものだから。

窓の外ではまだ激しい雨が降っている。

「朝、確認したときに夕立ちの予報が出ていたんです。降水確率三十パーセントだったから、あまり気にしていなかったんですが、けっこう降りますね」

「そうですね。毎朝、天気予報を確認なさるんですか？」

「仕事柄、どうしても目がいきますね。人生にも天気予報があればいいのに、と思います。雨が続くけど来週は晴れるとか、明日はくもりだけど雨は降らないとか。少し我慢すれば、当分は暑くも寒くもない日々が続くとか。前もって知ることができたら、どんなにいいでしょうか」

「そんなふうに教えてもらえたらいいでしょうね」

雨を見ながら小声で話していたヨンヒの胸に、熱いつぼみが生まれた。燃えるように心の中をぐるぐる回る。ヨンヒは、胸の奥から湧き上がる炎を飲み込むことに慣れていた。それなのに、今日は炎が言葉になってあふれてきそうになる。流れ出す言葉がもし目に見えたら、ごうごうと燃え盛る赤い色に違いない。

ジウンはヨンヒのゆがんだ赤い心を目にしたが、気づかないふりをして洗濯機の前に立った。ヨンヒはしばらくためらってから、ジウンの後ろにあるテーブルに座った。

「生きることが、死ぬよりつらいときもあります」

ヨンヒがそう言うのを聞いて、ジウンは振り返った。そう、生きることは死ぬより大変だ。死ぬ気で生きろという言葉があるが、実際に死んだことがないから、死ぬ気とはどういうものなのか見当もつかない。どれだけの勇気を出せば生きていける……いや、幸せに、生きていけるのだろうか。ジウンはつらい人生に長いあいだ耐えてきたヨンヒの苦痛に深く共感し、こくりとうなずいた。いくつもの言葉より、たった一度のうなずきやまなざしによって心が共鳴することがある。ヨンヒの胸は熱くなった。

「そうですよね。あとどれくらいがんばって生きなきゃいけないのか、わからないんですから。先の見えない人生をつらいと感じるのは当然です。私もそうですよ」

「店長さんみたいにおきれいで、すべてを持っているような方でも？」

「私がすべてを持っているように見えますか？」

「はい」

「そんなふうに言ってくださって、ありがとうございます。何もかも持っているかもしれないし、何ひとつ持っていないかもしれません。でも、人生って、何かを持っていれば幸せになれるものなんでしょうか？」

「それは……わかりません」

「生きていく力は、所有の問題ではないような気がします。〝悲しみを乗り越える力〟とか〝今日一日を耐え抜いた自分をいたわるエネルギー〟を持っているならともかく」

「そんな魔法を使えたらいいでしょうね」

「あら、どうしてこれまで気づかなかったのかしら？　そういう魔法を研究してみなくちゃ」

ジウンは大げさに目を見開いて、手を口に当てた。いたずらっぽいジウンの表情を見て、ヨンヒの緊張はすっかり解けた。彼が着ているTシャツには、濃いシミがまだらに広がっている。

ヨンヒはTシャツのシミを見ながら言った。

「私の兄の名前はヨンスと言います。二人目は娘が欲しいという願いを込めて、両親は私にヨンヒ〔日本の「花子」のような、典型的な女性の名前〕と名づけようと決めていたそうです。私は、生まれたときから両親の期待を裏切ったというわけです。両親と兄は立派なのに、私は出来の悪い子どもでした。勉強もできないし、学校ではずっといじめられていました。クラスメイトに殴られても家族には話せませんでした。両親をがっかりさせるのが怖くて。両親は、兄とは違う私を恥ずかしく思っているようでした。毎日毎日、耐えるように生き延びてきた気がします」

悲しみが深すぎると涙すら出てこない。枯れ果てた涙をのんで、ヨンヒは淡々と過去を語った。

「卒業まで耐えられず、高校を自主退学しました。両親には反対されましたが、そのまま学校に通い続けたら、私は彼らを殺してしまいそうだったんです。高卒認定試験に合格した日、本で読んだ一場面を思い出しました。主人公がふらりと汽車の駅に行って、『いちばん早く出発する列車の切符をください』と言うんです。やけっぱちの勇気というやつでしょうか……私は荷造りをして駅に向かい、まったく同じことを言いました。そして到着したのがこの町、マリーゴールドです。誰ひとり私を知らない町にやってきたら、気持ちが楽になりました。もう学校にも行かなくていいし、いじめグループもいません。両親は帰ってこいと何度も人を寄こしてきましたが、私は帰りませんでした」

ジウンは右手を一回転させ、ヨンヒがもっと楽に話せるように照明を少し落とした。ヨンヒはじっと話を聞いてくれる人が前にいることに安堵をおぼえながら言葉を続けた。

「半年ほど、海辺と町をあちこち歩いてまわりました。目が覚めたら歩いて、日が暮れたら休んで、また次の日も歩いて。そのうち、町じゅうの地番をすっかり覚えてしまいました。そんなある日、宅配ドライバー募集と書かれた貼り紙を見かけたんです。それ以来、この町で配達の仕事をしています」

「お仕事は大変でしょう?」

「体力的には大変です。でも、お客さんたちからありがとうと言ってもらえて、やっと役に立つ人間になれたような気がしました。学校ではいつも同級生に殴られて、家でも兄とは似ても似つかないダメな弟でしたが……。この町で配達をしながら、今日まで何とか生きてきました。その甲斐あって、店長さんみたいな方にもお会いできたんです」

「それじゃあ、消したいのはどんなシミですか?」

「ずっと考えていました。この町で自分も誰かの役に立てるんだと思ったら、いい人になれたような気がしたんです。でも、どうして私は誰かに感謝されるまで、自分を価値のない人間だと思っていたのでしょうか。家族と同じように優秀じゃないことは罪ではないのに……。いじめに遭っても、それが不当で悪いことだと世間に訴える勇気がありませんでした。私がダメなやつだから殴られるんだと思っていました。こんなに不幸なのは、自分がどうしようもない人間だからだと考えていたんです。何もかも自分のせいだと自分を責めていた過去と、誰かに認められないと安心できなかった日々、家族のせいで染みついた時間への強迫観念を消したいです」

「それで何度も時計を見ていらっしゃったんですね。おつらかったでしょう」

「……。Tシャツを脱いで、洗濯機に入れればいいですか？」


ヨンヒは心の中身をぶちまけるように話をした。そして、すっきりした表情でTシャツを脱ぎ、軽くはたいた。ジウンが右手を二回転させると赤い花びらが光を放ち、ヨンヒの手からTシャツをやさしく受け取って洗濯機の中へと入っていく。花びらとシミのついたTシャツが洗濯機の中で回り出した。まさに今、心が洗濯されている。口をぽかんと開けて見入っているヨンヒに向かって、ジウンは落ち着いた声で言った。

「ヨンヒおじさん、今まで本当に大変でしたね。よくぞ耐えてこられました。明日は、少しだけ笑って生きてみてください。あさっても、少しだけ楽しんでみてください。我慢して耐えながら生きていくこともできますが、あまりにもそれが長く続いたら、人生が我慢した記憶ばかりになってしまうでしょう？」

ヨンヒはくたびれた心をあたたかな毛布で包んでもらったような気分になった。耐えてきた記憶ばかりではないが、最も強烈に染みついているのはやはりその記憶だ。ヨンヒはうなずいて目を閉じた。洗濯機がぐるぐる回るにつれて、ヨンヒの心に平穏が広がっていく。

ふと手首が窮屈に感じられた。そういえば、ランドリールームに入ってから時計を見ていない。ヨンヒは左手の腕時計をずらしながら手首をさすった。そしてしばらく左の手首を見つめ、腕時計を外してズボンのポケットに入れた。手首には腕時計の跡が白く残っている。ヨンヒは少しさみしくなった左の手首をなでた。いつかは時計の跡も消えるはずだ。時が経てば、きっと。

ジウンはヨンヒが腕時計を外したことには触れず、指で宙に円を描いた。くるくるくる……。二人は回転する円を見つめた。

「両親や兄のように優秀で賢くはないけれど、誠実に生きたかったんです。一分一秒も無駄にしたくなくて、腕時計を二本つけていました。もしどちらかが壊れても、もう一つあれば安心ですから。配達の仕事を始めて以来ずっと、時間を正確に守って働いてきました。遅れないように配達をして、残った時間に町内の人を手助けしました。この腕時計を邪魔だと思ったことは一度もなかったのですが、今日はなんだか窮屈ですね」

ヨンヒはそう言って、腕時計のなくなった手首を右手で握る。ジウンが言葉を探していると、花びらたちがヨンヒの手首のまわりをくるくると回り出した。手首をくすぐる美しい花を見て、ヨンヒは明るく笑った。花びらが通り過ぎると、手首から腕時計の跡が消えている。ヨンヒは驚いた顔でジウンを見た。慎重に言葉を選んでいたジウンは、にっこり笑って口を開いた。

「こんな話を聞いたことはありますか？　記憶が円でつながっているとすると、十のうち九つが悪い記憶だったとしても、一つのいい記憶が他の九つを覆い隠してくれるそうです。だから、いい記憶を一つでも増やすことが重要なんですって。これまでの悪い記憶の上に、いい記憶をかぶせたらどうでしょう。今日の記憶が、ヨンヒおじさんにとって他の記憶をブランケットのように覆う大きな円になればうれしいです」

赤い円を描きながら回転していた洗濯機が止まった。ドアが開き、湿ったTシャツが花びらに乗ってヨンヒの手元にやってくる。きれいだ。シミはすっかり消えている。ヨンヒは解放感に包まれ、久しぶりに歯を見せてにっこり笑った。僕がこの町に来たのは今日のためだったんだなぁ。

ヨンヒはTシャツを顔に近づけて、肩を揺らし始めた。ジウンは静かにランドリールームを出た。残った悲しみをヨンヒがひとりで送り出せるように。

(あなたの今日はやや雲に覆われていますが、しだいに晴れ間が広がって、おでかけ日和となりそうです)

ジウンはヨンヒの天気予報をしてみようと思い、一階に下りた。メモ用紙に明日の予報を書いて、ヨンヒのベストのポケットに入れる。ときには、魔法ではないものが魔法になることもあるから。

人生の魔法を解くには、閉ざされたドアを開ける勇気を出さなくてはいけない。どんなに力いっぱい押しても引いても叩いてもドアが閉まっていることもあるし、鍵をなくしてしまうこともある。

「もしかしたら、鍵は自分のポケットの中に入っているんじゃないかしら」

背後に浮かぶ花びらたちに向かって、ジウンはつぶやいた。私たちはいつ、自分のポケットに入っている鍵を取り出すことができるのだろう。開けるべきドアを開く勇気を出せる日はいつやってくるのだろうか。

激しく降っていた雨は、いつしか小降りになっている。

久しぶりに朝早く目覚めたジウンは、ラジオをつけて窓を開けた。ひりひりするほど冷たい潮風が吹き込んでくる。ひとつの季節が過ぎ去ろうとしていた。

息を大きく吸い込み、ラジオから流れてきた音楽に合わせてハミングする。音楽が終わると、リスナーからのおたよりコーナーが始まった。ジウンは自分のお気に入りのコーナーに耳を傾ける。ジングルに続いて、聞き慣れたＤＪの声が流れてきた。

「こんにちは。初めておたよりします。私は宅配の仕事をしながら、最近詩を書き始めたリスナーです。配達の空き時間にトラックの中で文章を書いているうちに、たびたび人生を振り返るようになりました。私は長いあいだトラウマに苦しみ、つらい日々に耐えてきました。ところが、数十年間ずっと消えなかった心のシミを、魔法のように落とす機会に恵まれたのです。その傷をひとつ消したからといって人生ががらりと変わったわけではありませんが、毎朝おだやかな気持ちで目覚められるようになりました。以前は日々耐え忍ぶように過ごしていましたが、今は〝生きているんだな〟と思えます。この点は大きく変わったと言えるかもしれません。

心に傷を抱いて生きていた頃、私の心はずっと地獄のようでした。生きていると他人の言葉に傷つけられ、心が裂けて痛むときがあります。良好な関係を続けようと努力していても、非難されることがあります。逆に、誰かを傷つけてしまうこともあるでしょう。

心の魔法を経験してから気づいたことがあります。もし、誰かに非難されたり悪口を言われたりしたときは、受け取らないでください。宅配にも受取拒否や返品があるように、侮辱の言葉や感情を返品するのです。受け取らなければ、あなたのものにはなりません。誰かがあなたを嫌っているとしても、その気持ちを受け取って傷つくのではなく、相手に返せばいいのです。受け取らずに返品すれば、それは相手のものになります。心の平和を乱さないように、受取拒否しましょう。それでいいんです。

〈美しい朝の友〉がお届けする『幸せな今日のための私の決意』。本日は宅配ドライバー、キム・ヨンヒさんからのおたよりをご紹介しました。本当にいい言葉ですね。侮辱を返品する練習、私も始めてみたいと思います。そして、私も心の魔法を経験してみたいですね。続いてのナンバーは、マイケル・ジャクソンの〈ユー・アー・ナット・アローン〉。みなさんはひとりではありません。〈美しい朝の友〉がご一緒します」

「ヨンヒおじさん……！」

ＤＪの言葉に続いて、音楽が流れ出す。〈心の洗濯屋〉にやってきてから、ヨンヒおじさんは以前より気が楽になったように見える。でもまさかラジオにおたよりまで送っていたなんて……。

ジウンはソファに座り、両膝を抱いて顔をうずめた。You are not alone, I am here with you……。音楽に合わせて歌詞をつぶやいた。ひとりで過ごす日々があたりまえになり、さみしいときはいつもラジオを聴いていた。今日みたいに自分の好きな歌が流れると、一日中いい気分で過ごせる。心がジーンとした。目頭が熱くなる。目覚めたとたん、こんな感動的な瞬間に立ち会うことになるなんて。今日のお天気はどうやら快晴らしい。

音楽が終わると、ジウンはソファから立ち上がって伸びをした。パジャマを脱いで洗濯機に入れる。洗剤を入れ、洗濯機のスタートボタンを押した。タオルと下着、パジャマが一緒にくるくる回り出す。ぶくぶくと白い泡が立った。服たちが体を寄せ合い、抱き合ってお互いをきれいに洗い上げていく。キャンドルが自分の体を燃やして光を放つように、洗濯物がお互いを磨き合う。世の中のどんな場所にも光があるのね。輝いていなくても、光は常に存在しているんだ。ジウンは光のことを考えながら、洗濯機の前にしばらく座っていた。

心の汚れを落とすときと、着ていた服を洗うときの洗濯は、同じものなのかしら。それとも、違うものなのかしら。私は本当にこの人生で二つの能力を完成させ、封印を解いて死ぬことができるのかな。封印を解く方法は学んでいない。こんなとき、ママがそばにいてくれたらどんなにいいだろう。恋しい母を思い出すと、胸がずきずきした。

「最近、どうしてまたこんなふうに心臓が痛むのかしら。変ね」

ジウンは胸の左側を握りしめて深呼吸する。目を閉じて、痛みがすっかり消えていくことを想像した。今日は体調を整えておきたい。大切なお客さんがやってきそうな予感がするから。ジウンが強く念じると、しばらくして痛みは治まった。痛みが消える想像をしたからなのか、自然に痛みがやわらいだのかはわからない。

心がもやもやするから掃除をしなくちゃ。物事がうまくいかないときや何から始めるべきかわからないとき、もどかしさを感じたときに掃除をするのはジウンの長年の習慣だ。布団をたたみ、いらなくなったものを捨て、部屋のあちこちに散らばったものを元の場所に戻す。窓を開けて空気を入れ換え、皿をきれいに拭く。家じゅうのホコリを払い、心のホコリを一緒にはたく。最後に鏡をピカピカに磨き上げた。きれいに磨いておけば、自分をもっとよく見ることができるから。

開け放った窓から新鮮な空気が入ってきて、室内のよどんだ空気と入れ替わった。〈ウリプンシク〉の店主が持たせてくれたキンパを冷蔵庫から取り出して電子レンジにかけ、お茶を淹れるためのお湯を沸かす。

子どもの頃、母からはいつもほろ苦いお茶の匂いがした。お茶を飲むというのは心を整えることだと母は言った。お茶を淹れるためにゆっくりと準備をする、その心を飲むことなのだと言った。ママのことを考えながら、ひんやりした晩秋の空気の中であたたかいお茶を飲もう。しっかり朝ごはんを食べて、〈心の洗濯屋〉を開けよう。

仕事を終えた電子レンジがアラーム音を鳴らした。ジウンはレンジからキンパを取り出し、お茶を飲む母のやさしい声を思い浮かべた。

「一日を楽しく過ごす魔法を教えてあげましょうか？　朝、目が覚めたら、〝今日はいいことがある〟って期待するの。そうすれば、本当にいいことが起こるのよ。たくさん笑って、今日もいい一日を過ごしてね。愛してるわ」

会いたくて、恋しい。恋しさは空の星になって輝くという。ジウンは、真昼の今は見えない星を思いながら空を見上げた。母の瞳の色に似た青空を眺め、大きく息を吸った。そうね、期待しよう。今日はいいことが起こるはず。きっと起こるはずよ。

「店長さん、お届けものです！」

ヨンヒおじさんが〈心の洗濯屋〉のドアの前に立ち、元気な声でジウンを呼んだ。洗濯屋の店内に入ったあの日から、彼は人と目を合わせて会話をすることが増えた。以前は荷物を渡すと頭を下げてすぐに帰っていたが、最近はお客さんと立ち話をすることもある。

強迫観念から時間を記録していたノートには詩を書くようになり、〈宅配ドライバーの朝のあいさつ〉というブログも開設した。彼の投稿には一日に一、二件のコメントがつく。世間から離れて生きてきた彼は、ようやく心を開くための一歩を踏み出している。

ヨンヒは生まれ変わったような気分だ。彼の心のシミは「何もかも自分のせいだと責める気持ち」だった。心の洗濯をして以来、自分のせいではない、自分が間違っていたわけではないと思えるようになり、過去を振り返るのではなく、前を向いて生きるようになった。つらい記憶は残っているが、「自分がもっとちゃんとしていれば、あんなことは起こらなかった」とか「あんな目に遭ったのは、自分が悪かったせいだ」と思うことはなくなった。

心の平和を手に入れたヨンヒは、生まれて初めて「幸せだ」と感じた。昨日と変わらない一日なのに、明らかに昨日とは違う今日を生きている。心の持ちようひとつで。

「こんにちは、ヨンヒおじさん。ラジオで紹介されたおたより、聴きましたよ」

ジウンは小包を受け取って、ヨンヒに水の入ったコップを渡した。ヨンヒは照れくさそうに頭をかき、冷たい水を一気に飲み干すと、ぺこりと頭を下げてコップを返した。

「お恥ずかしいです。読まれるとは思わなかったんですが……。ハハッ」

ヨンヒが声を出して笑うのを初めて見たジウンはつられて笑った。いい気分と笑いは自然に伝染する。二人の間に流れる空気は、平和であたたかい。

「店長さん、詩を書いていていちばんいいことって何だと思います?」

ヨンヒにそう聞かれ、ジウンは下唇を軽く噛みながら考える。

「うーん。自分の気持ちを文章で表現できることですか?」

「それもすごくいいことですが、私がいいなと思っているのは、間違ってもまた書き直せるというところなんです。ノートに鉛筆で詩を書いているのですが、書き間違えたら消しゴムで消したり、上から線を引いたりして、また書き直します。消し跡が残りますが、それだけ考えたという証しなので、それもすごくうれしいです」

「そうでしょうね。紙に詩を書くのと同じように、人生も書き間違えたら少し消して、また書き直せばいいんですよね」

「そのとおりです。私は今まで、間違えたら書き直せばいいということを知らずにいました。答えを間違えたら、永遠に正せないと思っていたんです。人生に正解はひとつしかないと思って生きてきました。でも、紙にシワがよっても大丈夫だし、書き直しても大丈夫なのだということが、ようやくわかりました」

「今わかったなら、よかったじゃないですか。私、実はかなり長く生きているんですけど、ヨンヒおじさんがおっしゃったようなことに気づいたのはつい最近なんですよ。私より気づくスピードが速いですね」

昔から知っている仲のように気兼ねなくおしゃべりしながら笑い合っていると、見知らぬ少女がヨンヒの後ろからひょっこり顔を出した。

「こんにちは。あなたはだあれ？」

ジウンが挨拶をする。十歳ぐらいに見える少女は、身をすくめてジウンを見ると、またヨンヒの後ろに隠れてしまった。

「最近、仕事中にこの子がついてくるんです。私が配達をするあいだ、何時間もくっついていることもあるんですよ。でも今日は重い荷物の配達が多いから、この子がケガでもしたらいけないと思って。少しだけここに置いてもらってもいいですか？」

「もちろんです」

「ありがとうございます。そのうち気が済んだら帰ると思います。あっ、それと……心の洗濯をしていただいてから、とてもよく眠れるようになって、気持ちが楽になりました。店長さんのおかげです」

「楽になれて何よりです。本当によかったです」

ヨンヒとジウンが話していると、少女はヨンヒの後ろから顔をのぞかせて〈心の洗濯屋〉を観察し始めた。肉まんのように頬がふっくらと丸く、髪を二つ結びにして、黄色いレースのワンピースを着ている。ジウンは身をかがめて少女と目を合わせ、アーチに咲いた花を摘んで話しかけた。

「はじめまして。私はジウンよ。おもしろいものを見せてあげようか？」

少女は好奇心に満ちたまなざしでうなずき、ジウンの前に出てきた。おじぎをして去っていくヨンヒに目礼を返したあと、ジウンは少女に見せた花を両手で包み込み、手首を二回ひねった。

少女は小さな唇をすぼめて、ジウンにまた一歩近づいた。

「ここに、ふぅーっと息を二回吹きかけてみて」

少女はジウンに近づき、彼女の手にふうふうと二回息を吹きかける。目を丸くして待つ少女の前でジウンが手を広げると、花びらが蝶のように飛び出した。少女は口をぽかんと開け、花びらを追って駆け出した。

しばらく走り回っていた少女が戻ってくると、ジウンはふくらませるように合わせた両手を広げて、クッキーを出してみせた。少女はすばやくクッキーをつまんで口に入れ、もぐもぐ咀嚼しながら前庭を駆け回る。鳥のように両腕を広げて花びらと一緒に走り回り、またジウンの前に戻ってきた。ジウンは前かがみになり、少女の目をのぞき込んだ。澄みきった少女の瞳にジウンの顔が映る。長いまつげを揺らしてまばたきをするたびに、ジウンの顔が見え隠れする。

「あなたのお家はどこなの?」

「お家はないの」

「ない?　じゃあ、どこで寝てるの?」

ジウンは大げさに驚いてみせた。少女は誰にも聞かれてはいけないというようにあたりを見回し、両手をジウンの耳元に当ててひそひそと言った。

「これって秘密なんだけど、あたし、月の国のお姫さまなのよ。だから、ここもあたしのお家だし、あそこもあたしのお家なの」

「お家がたくさんあるのね。すてきだわ。ママとパパはどこ？」

「ママとパパはいない」

「……」

ジウンは言葉を失い、じっと立っている少女の手を握った。少女は澄んだ瞳をぱちくりさせながら、平然とクッキーを食べている。

「実は、私もママとパパがいないの」

「ほんと？　あたしと一緒ね」

「あなたのお名前は？」

「あたしには名前がないの」

少女を見つめながら、ジウンはマリーゴールド町で目を覚まし、導かれるように〈ウリプンシク〉に入った日のことを思い出した。人のぬくもりが恋しくて、ここに来たのだろうか。両親を失い、名前を持たなかった彼女は、今では人と一緒に笑える〝ジウン〟になった。

「私も名前がなかったのよ。私たち、似てるところが多いわね」

「お姉さんも？　あたしとおんなじだから、もうひとつ秘密を教えてあげる。あたしは、みんなが仲よくできる平和な世界をつくるの。それでここに来たんだ」

底抜けに明るい少女がはきはきと答えた。みんなが仲よくできる世界をつくるためにやってきたお姫さまだなんて。少女の澄んだ瞳を見つめながら、ジウンははるか遠い昔に暮らしていた村のことを思い出す。そんな世界があったわね。みんなが仲よく暮らす、秋が終わると春になる村。

「すてきなアイデアね。じゃあお姫さま、お姉さんが名前をつけてあげましょうか？」

「うん、いいわよ。つけて」

おしゃまな口ぶりで少女が答え、ジウンは腕を組んで真剣な表情をしてみせた。

「新しい世の中をつくるんだから、生命が芽生える季節のボム《春》。どう？」

「ボム？」

「そう。あなたみたいに美しい花が咲く春。ずっと昔に私が暮らしていた村は、今みたいな秋が過ぎて木の葉がすっかり落ちたら、また花咲く春がやってきたの。秋の次は春、春の次の季節は秋だった。みんなが仲よしだったわ。そんな世界をまた見てみたいと思っていたんだけれど、あなたがつくってくれるのね？」

「ボム。すてき！　いい名前ね。そういう世界をあたしがつくってあげる」

名前がすっかりお気に召した様子のボムは、ジウンと顔を見合わせてキャッキャと笑った。ボムの笑顔は日差しのようにまぶしい。明るいオーラが広がり、足元にじっと浮かんでいた花びらたちがまたくるくると舞い上がった。

ボムは庭の横にある階段をすいすいのぼっていく。ボールが跳ねるように楽しげに階段を駆け上がる少女に続いて、ジウンも屋上に上がった。

屋上に着くと、ボムは思いきり両腕を広げて、物干しロープにかけられた白いTシャツのあいだを駆け回った。空は雲ひとつなく青い。やわらかくおだやかな風が額をくすぐり、洗濯物を乾かしていく。花びらを追って走り回るボムの笑い声が屋上に響き渡る。

少女の笑い声を聞きながら一緒に笑っていたジウンは空を見上げた。風で乱れた髪をかき上げて、深呼吸をする。目を閉じて両腕を伸ばし、風をたっぷり感じた。心臓をぎゅっとつかまれたように息苦しかった心がするするとほぐれていく。ジウンはふと、もう昔のように悲しくないことに気づいた。けっして訪れることのないと思っていた幸せが、このマリーゴールド町に来てからは手を伸ばせば届くところにあるような気がした。

「絵を描いて、お姉さんにプレゼントするね」

ボムがジウンの後ろから腰に抱きついた。ジウンが振り返ると、今度はスカートにしがみつく。会ったばかりとは思えないほど人懐っこい少女の純粋さにジウンも感化されていく。

ジウンが右手をひと振りすると、花びらたちがサインペンに変わった。少女はキャッキャと笑いながら、物干しロープにかかっていた白いTシャツを持ってきた。

「ここに絵を描いてもいい？」

「いいわよ。楽しみね」

ジウンが答えるやいなや、ボムは床にTシャツを敷いて楽しそうに絵を描き始めた。ジウンはふたたび幸せについて考える。

毎日、窓の外には朝日が昇る。ときには雨風が吹き、暗い夜がやってくれば星と月が輝いて、また明るい夜明けがやってくる。それを変えることはできないけれど、心の中の天気なら自分で選択できる。心は自分のものだから。幸せはいつも自分の中に存在している。天候を意のままに操ることはできなくても、心の空模様は自分しだいだ。

幸せでいることを選択したら、雨風が吹く夜でも、心の中はほのかな月明かりに照らされるんじゃないかしら。愛することを選んだから愛して、悲しみに満ちた人生でも笑おうと決めたから笑うんだ。つまり、この大変な世界で苦しまずに生きるための秘訣は……。

「お姉さん、できたよ。みんなが仲よくできる、平和な世界をつくったの。プレゼント！」

ジウンは考えごとを中断して、ボムからのプレゼントを受け取った。ボムは、ジウンが喜ぶだろうという期待に満ちた表情を浮かべている。半分にたたまれたＴシャツを広げた瞬間、ジウンは言葉を失った。Ｔシャツに描かれた絵をしばらく見つめ、ボムを抱きしめた。

「これがボムのつくりたかった平和な世界なのね。とってもきれい」

ボムはうなずくと、ジウンの腕の中からするりと抜け出して花びらと遊び始めた。ジウンはまたＴシャツの絵を見つめる。

色とりどりのサインペンで描かれた二階建ての家。花と蝶のあいだに、くねくねした字で「心のせんたくや」と書かれている。ジウンがずっと探し続けていた懐かしい故郷が今、目の前にあった。その瞬間、ある言葉が閃光のように脳裏をよぎった。


「秘訣は、今この瞬間にある」

幸せは、内面の光だ。手の届かない高い空ではなく、心の空で輝いている。幸せはすでに心の中にある。幸せはまさに今ここにある。過去にはもう戻れず、未来はまだやってきていない。だから、今生きている現在に集中しなくてはいけない。右に一歩だけずれると過去がある。でも、ほんの一歩前に進むだけで、そこは未来ではなく現在になる。

過去への後悔にとらわれ、未来に目がくらんでいたせいで、今日が見えていなかった。愛する家族を失った悲しみと後悔を抱き、何度も生まれ変わった。はてしなく長い時間を生きてきたのに、今日という日を幸せだと思ったことはなかった。いや、幸せが近づいてくると、怖くなって逃げ出した。幸せになってはいけないと思っていた。でも愛する両親は、娘が過去に縛られたまま、幸せを恐れて生きることを望んでいただろうか？

ジウンは、ボムが描いた〈心の洗濯屋〉の絵を抱きしめてしゃがみこんだ。花びらたちはボムとの追いかけっこをやめ、心配そうにジウンのまわりをくるくる回る。身じろぎもせず、ぼんやりと宙を見つめていたジウンの目から熱い涙がこぼれ落ちた。涙は静かに流れて青く輝く花びらに変わり、ワンピースの上に落ちて花模様になった。ボムはそんなジウンを見つめている。花の風が蝶のように集まってボムを包みこんだ。花たちが羽ばたくと、ボムは少しずつ赤い花びらに変わり、ジウンのワンピースに吸い込まれていった。

舞い散る花びらを手でつかもうとしたそのとき、ジウンはボムの正体に気づいてハッとした。黄色いワンピースを着た、赤い頬の少女はジウン自身だった。幼い頃、母と庭で駆け回って遊んだ幸せな思い出。その記憶が花として保存され、ジウンと一緒に生きてきたのだ。いちばん恋しくて美しい思い出がずっと私のそばにいてくれたのね。ひとりぼっちだと思っていた日もひとりじゃなかったのね。懐かしい日々が心に沁みて、涙があふれ出てくる。ジウンは青と赤の花柄がちりばめられたワンピースに顔を埋め、細い肩を震わせながら泣き出した。

そんなジウンを見て、吹いていた風が止まる。風に揺れていた洗濯物も動きを止めた。

彼女を愛する人々も、その場に立ち尽くす。

〈ウリプンシク〉の店主と仕事帰りに洗濯屋に立ち寄ったヨニは、一階でジウンの泣き声を耳にして顔を見合わせた。ヨニは心配そうな顔で店主を見つめる。

「ジウンオーナー、大丈夫かしら。二階に上がってみます？　何かあったみたいだし……」

「心配ないさ。じきに泣きやむよ。どんなことも流れていくもんだからね。信じられないかい？でもねえ、いいことも悪いことも流れていくんだよ。泣きたいときは思いっきり泣いたほうがいい。笑いたいときは思いっきり笑うのさ。そうすりゃ、ぜーんぶ流れていく。行くとこまで行って、怖いものの顔を真っ正面からちゃ〜んと見れば、新しく始められるもんだよ」

「はい……。でも、オーナーはいつも悲しそうに見えるから」

「悲しそうに見えるねぇ。でも、人はみんな幸せになるために生まれてくるんだよ。ジウンさんも幸せに向かっているところなのさ。信じておやり。今日は会わずに帰ったほうがよさそうだね。あたしたちに泣き声を聞かれたと知ったら、気にするだろうから」

店主はヨニの肩をポンと叩くと、足をひきずりながら〈ウリプンシク〉に戻っていった。キンパをつくるために米を炊く。ぬくもりと愛情をたっぷり詰め込んで、炊飯器のふたをぎゅっと閉じた。悲しみを乗り越えるには、おなかの中をあたためなくちゃいけないから。

ヨニは洗濯屋の入口にかけられた［OPEN］のプレートをひっくり返して、［CLOSED］に変えた。二人はそれぞれの方法でジウンを思いやり、心にキャンドルをともす。ここを訪れた人の悲しみや痛み、憂うつを消してくれたジウンが誰より幸せになることを願いながら。

ある種の闇は、どんな透明なものよりも澄んでいる。ある種の闇は、どんな明るいものよりも清らかだ。肩を震わせて泣くジウンの悲しみを悼むために、今夜は月も顔を隠し、星もまたたきを止めている。雲ひとつない澄みわたった夜空だ。

ある夜の物語は、どんな昼の物語よりも長い。誰かの悲しみは、誰かの思いやりによって闇に溶けていく。思いきり悲しんで、日が昇ったら笑顔で生きていけるように、深い夜は訪れるのかもしれない。朝になれば何が起こるのかはまだわからないが、今は静かに閉ざされた夜の真っただ中にいる。夜は深く、お互いを気遣うやさしい思いやりの心はもっと深い。


私は誰なんだろう。どこから来て、どこへ行くんだろう。

この苦しみのすべてを終わらせたかった。なぜ私の人生だけがこんなにつらいのだろう。過去のあやまちを正したかった。一瞬のミスで愛する人を失ったという苦痛によって、自分の心を監獄に閉じ込めて罰しようとしていた。

ささやかな幸せを感じるたびに人生をリセットしてきた。幸せにはなれなかった。時空を超えて世界中を探しまわり、愛する両親を見つけ出して苦しみを終わらせ、彼らと一緒に幸せになりたかった。その気持ちひとつで生きていた。さみしさに気づかないほど、冷え冷えとした孤独に慣れて生きてきた。いや、慣れたと信じた。さみしさや孤独がどっと押し寄せてきても、当然の報いだと考えていたのかもしれない。

こんなに長い時が過ぎても両親を見つけられないとは思っていなかった。悪い冗談みたいだ。人生は解決しない疑問だらけ。もうあきらめて、自分にかけた魔法を解いて死のうと決心してから、笑うことが増えた。人と一緒にごはんを食べ、風の息づかいと香りを感じて生きるようになった。

そうやって生きているうちに欲が出てきた。よこしまな気持ちだ。永遠なんてないと知りながら、永遠を夢見た。人生は甘い夢だという言葉があるが、このマリーゴールド町で永遠に目覚めたくない甘い夢を見た。

でも、私が本当に生きたい人生とは何だったのだろう？　そもそも、生きたい人生なんてあったのかしら。何を切実に願っていたのだろう。忘れたかのように生きた。忘れたふりをした。毎晩、解決しない疑問が押し寄せてきた。

しびれるように心が痛い。右手をゆっくりと上げ、胸の左側に持っていく。心臓を包み込むように、左胸にそっと右手を当てた。その上にやさしく左手を重ねる。両手で心臓を包む。心に丸い波紋が広がり、赤い花びらがあふれ出てきた。花びらはたちまち輪になって、私を取り囲んだ。目を閉じる。いくつもの声が音楽のように聞こえてくる。

「心をまるごと取り出して、ごしごし洗ってから元に戻せるといいのにな」

「たとえば、の話よ。つらかった記憶を全部消せたら、幸せになれるんじゃないかな？」

「恋愛のシミを落としたいんです」

「私、インフルエンサーとして生きてきた日々を全部消したい」

「洗濯物から花びらが出てきた理由は気にならないんですか？」

「燃えるキャンドルがまわりを照らすみたいに夕焼けで空が明るくなる時間に、人々の平和を祈っているのよ」

「人はたったひとりだけでも自分を信じて応援してくれる人がいれば、生きていけるものよ」

「シミは落とさずに、少しだけシワにアイロンがけをしてください」

「何もかもリセットすれば、うまくやっていけそうだと思ってるでしょう？」

どれが自分の言葉で、どれがみんなの言葉なんだろう。


「人の悲しみに共感して癒すというのは素晴らしい能力だよ。でも、思い浮かべたことを現実化する能力が自分にあると知ったら……夢見ること自体を怖がるようになってしまうかもしれない」

父の声が聞こえてくる。どんなに思い出そうとしても、おぼろげな姿しか浮かんでこない。恋しさだけを糧《かて》に生きてきたのに、会いたい人の顔が記憶から消えていくなんて。心臓がちくちく痛む。息苦しさを感じて、しゃがみこんだ。その瞬間、ジウンを取り囲んでいた花びらたちが急速に回転してオレンジ色に変わった。何が起こるんだろう。

心臓の上に重ねた手を片方ずつ、ゆっくりと離した。ゆらゆらと宙に浮かんでいた花びらたちが心臓へと吸い込まれていく。ジウンは最後の花びらを一枚、手のひらにのせてじっと見つめた。マリーゴールドだ。この町と同じ名前の花。花びらを両手の指でそっとつまみ、花言葉をささやくような声でつぶやいてみる。

「幸せはきっとやってくる……。幸せって何なんだろう？　どうすれば幸せになれるのかしら。わからない。私は、過ぎた日々をもう後悔したくない。さまよわずに今日という日を生きたい。今この瞬間を生きたい。そうできるなら……」

そのときだった。心臓に吸い込まれた花びらが勢いよく吹き出してきた。オレンジ色の花びらがまた赤いツバキの花びらに戻り、あっという間に青く変わる。ワスレナグサだ。海のように鮮やかな青い花びらが光のごとく四方に広がり、空へとのぼっていく。やがて青い花びらが雨のように降り注いできた。花の雨が水たまりになる。湖になる。海になる。終わりの見えない海ができると、花の雨は止んだ。花から生まれた海は静かだ。空と海の境界線が溶け合って、青い光へと続いている。ジウンはゆっくりと海のふところに身を任せた。

どぼん！

泳ぎ方は忘れた。忘れたふりではなく、本当に忘れてしまった。両腕を広げて力を抜き、ゆっくり海のふところに沈んでいく。母の胸に抱かれているようにやすらかだ。どこに流れていくのだろうか。海に浸りながら、自分を覆っている青い花の花言葉を思い浮かべた。

私を忘れないで。

ううん、私を忘れてもいい。どうか、忘れてほしい。
秘密を飲み込んだ海は静かだ。何ごともなかったかのように。
私は水の泡になる。私は海になる。私は空になる。
……私は青い光になる。私は花びらになる。
私はもう、自由だ。

ピピピピピピピ……。

ジウンはアラームの音で目を覚ました。頭が痛み、全身が熱い。荒い息を吐きながら体を起こした。髪の毛をかき上げて目を閉じる。立ち上がる気力が湧かず、ふたたびベッドに横になって額に手を当てた。まるで人生のトンネルを通り抜けたかのような気分だ。

「夢だったの……？　夢にしてはやけにリアルだったな」

ジウンは海のふところに抱かれていた。海の中で、花びらたちはヒレのように動いて彼女を泳がせた。ジウンは久しぶりに明るく笑っていた。気ままに泳ぎながら目を閉じて、ふたたび目を開けた今、こうしてベッドの上にいる。

「ヒレで泳ぐ夢を見るなんて。まったく。人魚姫じゃないんだから……」

咳をしながら起き上がり、ベッドに腰かけた。汗なのか海水なのかわからないほど、パジャマも髪の毛もびしょ濡れだ。夢ではなかったのかもしれないと思いながら、サイドテーブルの引き出しから体温計を取り出し、右耳に入れて測定ボタンを押した。

「三十八度か……。解熱剤はあったかしら」

ジウンはつぶやいて、解熱剤と頭痛薬を取りにいこうと立ち上がったが、めまいを起こしてふらふらとベッドに倒れ込んだ。深呼吸をしてふたたび立ち上がり、キッチンへ向かった。頭痛薬を取り出して口に入れ、水を飲みながらスマホを探す。大量の不在着信通知とメッセージを確認しながら、ジウンはふと手を止めた。寝る前は水曜日の夜だったのに、今日は金曜日だ。二日間も眠り続けていたらしい。ジェハとヨンヒ、〈ウリプンシク〉の店主からの留守番電話とメッセージが何件も入っている。いったい何があったの。夢じゃなかったのかしら。

「心配しないで。大丈夫よ」

留守番電話を残してくれた人々に同じメッセージをコピーペーストして送信し、解熱剤を探しながら唾を飲み込んだ。時空を超えて生まれ変わるときと同じようなめまいを感じる。解熱剤を口に入れた。震える手でミネラルウォーターのふたを開け、口をつけて半分を飲み干した。

ジウンはボムに出会ったあと、深い海に沈む夢を見て熱に浮かされた。悲しみと後悔、自責の念にさいなまれながら生きてきたが、ボムとの出会いによって、幸せだった頃の思い出が波のように押し寄せてきた。ボムは幼い頃の幸せなジウンだった。ボムはワンピースの花柄として、長い歳月をジウンと共にしてきたのだ。だとしたら両親も、花びらや人、風や日差し、月光の姿で、ずっとジウンのそばにいてくれたのではないだろうか。

「ママとパパも私と同じように何度も生まれ変わって、私を探しているのかもしれない。懐かしさを感じたあの人は、ずっと会いたかった両親だったのかもしれない。私が気づけなかっただけなのかしら……」

それなら、こんなふうに悲しみと罪悪感ばかりの人生を送っちゃいけない。愛する両親は、私が空虚な人生を送ることを望んではいないはずだ。もう自分を罰するのはやめてもいいんじゃないだろうか。今生きている、今日のこの瞬間を無駄に過ごすことこそが罪なのではないだろうか。

流れる汗を拭き、ぐっしょり濡れた服を脱いで洗濯機に入れた。バスルームでシャワーを浴びた瞬間、海水の記憶が鮮明によみがえった。大きなバスタオルで体を包み、毎日着ている黒いワンピースを探す。夢の中では青いワスレナグサに変わったのに、花柄はいつもの赤いツバキのままだ。本当に夢だったのだろうか。一日中泳いだかのように肩が痛む。左手で右の肩をもんだ。薬が効いてきたらしく、だいぶ熱が下がってきた。

「心が痛いときも軟膏を塗れたらいいのにね。軟膏の代わりに、ママが特別なココアをつくってあげるわね！　あったかくて甘いココアを飲んで一晩ゆっくり寝たら、明日は痛みが半分になっているはずよ。もしかしたら、嘘みたいに気分がよくなるかもしれないわ。こっちにいらっしゃい」

心が傷ついた日、母は顔の大きさぐらいある大きなマグカップにココアをたっぷり注いでマシュマロを浮かべてくれた。目に涙をいっぱいためて口をとがらせていても、甘いココアを飲んでいるうちに、マシュマロが溶けるように心が溶けていった。あたたかくて甘いものには魔力があるのだろうか。

母は魔法を使えなかったが、ジウンにとっては心をほぐしてくれる魔法使いだった。母のスカートからはいつも甘いクッキーの匂いがして、首すじからは花の香りがした。ジウンは母のスカートにまとわりついてクッキーの匂いをかぎ、母に抱きしめられると花の香りをかいだ。キッチンにはおいしい食べ物がいっぱいで、ジウンはふっくら丸い頬の愛らしい少女だった。

しかし、いつも笑顔でやさしい母は、たまに空を見つめながらため息をつくことがあった。秋になると、母は昔を懐かしむような表情で何日か窓の外を眺めたあとでキッチンに立った。大きな鍋にワインをどぼどぼ注いでオレンジやリンゴ、ナシ、シナモンスティックを入れ、とってきのハチミツを五回まわし入れてぐつぐつ煮込んだ。手に入るフルーツの中でとびきり美しくておいしいものだけが、きれいに洗われて鍋の中に入った。母のお茶ができるまでのあいだ、家じゅうが完熟のブドウの香りを含んだ水蒸気に満たされた。

「あたしもママのお茶を飲んでいい？」

キッチンをうろうろしながらジウンが聞くと、母はやさしく微笑みつつも、首を横に振ってきっぱり言った。

「これはママのための特別なお茶だから、あなたにはあげられないの。大人になったら、自分のためのお茶をつくりなさいね。そのときは、ママがレシピを伝授してあげるから」

いたずらっぽく目を細めて笑う母には、数日間消えていた活気が戻っていた。そして、自分のための特製茶をすべて飲み終わる頃になると、母はすっかり元気になった。特製茶を淹れる前の母の目は、郷愁に満ちていた。

あの頃の母は、今のジウンと同じぐらいの年齢だった。父とジウンは母が特製茶を淹れる時期を〝懐かしさの季節〟と呼んだ。母は父と出会う前に置いてきた、どんなものを懐かしんでいたのだろう。なぜ、懐かしさの対象に再会できなかったのか。思い出として残しておこうと決めたのだろうか。大人の人生って……そういうものなんだろうか？

幼いジウンは、母の肩を小さな手でとんとん叩いた。肩の上に置いた手を母は笑顔で握ってくれた。ジウンは母の胸に飛び込んだ。母の胸に抱かれて体温を感じる、静かでおだやかな時間が好きだった。なぜだかさみしくて美しかった。

「今日はママみたいに、私のための特製茶を淹れてみようかな？」

ジウンが毎朝家で飲むお茶は、どこでも手に入る茶葉で淹れたものだ。でも、〈心の洗濯屋〉で出す癒し茶には、自分で天日干しした材料を使っていた。まごころたっぷりの癒し茶には、ジウンの朝のお茶よりずっとやさしいぬくもりが宿っている。長年、癒し茶を淹れてきたが、そういえば自分のために特別なお茶を淹れたことはなかった。

レシピは伝授してもらえなかったが、母と同じ年齢を生きている今ならつくれるような気がする。水を火にかけ、とっておきの白いマグカップを取り出した。

「今日の特製癒し茶には……自分の幸せを願う心を入れなくちゃ」

これまで〈心の洗濯屋〉のお客さんに出してきた癒し茶の隠し味は、ジウンの心だった。傷ついた人を癒したいという気持ちを込めながらお茶を淹れること。そのお茶を飲んだ人になぐさめをもたらし、心にぬくもりを吹き込むこと。それがジウンの持つ特別な能力だ。

今日は自分を思いやる心をたっぷり注いでみよう。いつものワンピースを着たジウンの足元に花びらたちが漂っている。ジウンは目を閉じて指揮者のように両手を上げ、ポットの中に花びらを送り込んだ。今日は乾燥させた茶葉ではなく、生の花びらでお茶を淹れることにした。

もし両親が今ジウンのそばにいたら、過去を悔やみながらうるおいのない人生を生きる娘を見て、どれほど悲しんだだろう。また会えたとしても、ジウンが青白くやせ細り、冷えきった人生を生きてきたことを知ったら、きっと胸を痛めるに違いない。ジウンは目を閉じて、赤いふっくらほっぺの少女だった幼い頃の自分を思い浮かべる。笑いと愛に満ちた母のキッチンと、父と一緒に遊んだ庭のことを考えた。

目を開けたジウンは微笑みを浮かべ、特製癒し茶をカップに注いだ。あらかじめあたためておいた白いカップを真っ赤なお茶で満たす。あふれず、少なすぎず、ほどよいところまで。

お茶が冷めるのを待ちながら、ジウンはリビングの窓を開けた。この家で初めて目覚めたあの日のように、ベランダで目を閉じて大きく深呼吸をした。都市の香りと海の匂いが体に充満する。目を開けたジウンが左手を水平に構えると、カップが揺れることなくやってきて、手のひらの上にきちんとおさまった。ジウンは微笑みながらお茶を飲んだ。カップの中のお茶のように、空は夕焼けに赤く染まっている。

「今日の空は雲が多いわね。月も隠れてしまいそう」

自分ひとりのために淹れた特別な癒し茶のぬくもりに誘われて、心に喜びが満ちていく。昨日と変わらない今日だが、昨日とは違う今日だ。きっとやってくる幸せ。その幸せがまさに今、ジウンのカップの中に宿っている。

最後のひと口を飲んだ瞬間、ジウンのワンピースのすそから花びらがあふれ出し、渦巻きながら空へとのぼっていった。ずっとジウンの一部だった花びらが、赤い夕焼け空に向かって飛んでいく。その様子を見ながら、ジウンは手を振った。赤い花びらをまとった雲が下りてきて、ジウンを包みこむ。雲は、母の胸のようにあたたかく心地よい。1、2、3……。雲はジウンから離れ、また空へとのぼっていった。ジウンはゆっくりと部屋に入り、玄関の前にある鏡に自分の姿を映し出した。

ジウンの全身を包みこんだ雲がその場に残っている。黒いワンピースは、雲のようにあたたかい白色に変わっていた。赤い花柄があったところには、青い花びらが描かれている。花びらは去ったが、花柄は残った。青白かったジウンの唇に赤みがさす。不思議ね。なんだか心に希望が湧いてくる。

ジウンは〈心の洗濯屋〉に向かおうと急いで家を出た。家の玄関を開けると同時に、洗濯屋のドアが開いてくれたらいいのに。

「まぁ、本当に洗濯屋のドアが開いてるじゃない！」

初めて使った魔法に自分でも驚きながら、店に入って看板の電気をつけた。〈心の洗濯屋〉の灯りが消えていることを心配していた人々のために、店じゅうの電気をつける。一階と二階の窓をすべて開けた。そして屋上へと上がる。おととい干した洗濯物が風に揺れている。

そう、洗濯物だって日光と風がなければ乾かない。心にぬくもりと冷たさが、そして、喜びと悲しみが一緒にやってくるのは当然のことなのかもしれない。起こったことは受け入れなきゃ。やり直せることはやり直して、取り返しのつかないことはどうしようもないという事実を認めなくてはいけない。

ずっと逃げるように生きてきた人生に、これからは足を踏み入れてみよう。物干しロープにつるされたあの洗濯物のように、風の揺れに身を任せてみよう。雨が降ったら雨に濡れ、風が吹いたら風を受けて、日差しが降り注いだらあたたかさを楽しもう。風に吹かれてあちこちに揺れる自分を見つめよう。未熟で、失敗して、さまよって、揺れる自分をありのままに愛すること。それこそが心のシミをきれいに落とす秘訣なんじゃないだろうか？

「あらまぁ、ジウンさん。今日は白い服なのかい？　いやぁ、きれいだねぇ！　どうして今まで着なかったのさ！」

「オーナー、どこか悪いのかと思って心配したじゃないですか！　なんで電話に出てくれなかったんですか、もう！」

「俺、オーナーにとんでもないことが起こったのかもしれないと思って、不安でスルメ二枚も食っちゃったんですよ。マジで歯が欠けそうです。責任とってください！」

洗濯屋の灯りに気づいた〈ウリプンシク〉の店主とヨニ、ジェハが屋上に駆け上がってきて、ジウンを口々に責めた。彼らの言葉に込められた愛のぬくもりをたっぷり受け取って、ジウンは笑った。思いきり歯を見せて笑っても、まだ笑いが込み上げてくる。ジウンは両手で口を覆いながら笑い、彼らの抱擁を受けた。

ジウンのワンピースから抜け出した青い花びらが彼らのまわりをくるくる回る。あたたかい、あまりにもあたたかい普通の一日だ。自分のために淹れた特製茶のおかげに違いない。母が自分のための特製茶を淹れていた理由がやっとわかった気がする。

「おなかすいた。ごはん食べたいな」

ジウンがそう言うと、三人は驚きに目を丸くした。ジウンが食事をしたいと言ったのは初めてのことだ。〈ウリプンシク〉の店主は大急ぎで店へと戻っていく。ジェハとヨニはジウンの両側から仲よく腕を絡ませて、店主の後をついていった。

「ところでオーナー、今日は赤じゃなくて、青い花柄なんですね」

ジェハは目を大きく見開いて、ジウンのワンピースの花柄を見た。以前にも青や紫に見えたことがあったけれど、また自分の見間違いかもしれないと疑いながら。

「青い花もきれいでしょ」

ジウンはジェハに向かって微笑んだ。そういえば、この洗濯屋が初めてできた日もこの子たちと一緒だったわね。あの日は月が雲に隠れ、漆黒のような闇が世界を覆っていた。雲の多い日だった。まるで今日みたいに。

「オーナー、これからは体調が悪いなら先に教えてください！　めちゃくちゃ心配したじゃないですか。いつもか弱そうな人が電話にも出ないし、洗濯屋にもいないし。私たち、ものすごくやきもきしてたんですよ」

仕事が終わるやいなや駆けつけてきたというヨニは、黒いジャケットのボタンをはずし、ぶっきらぼうな口調で言った。ジウンと二日も連絡が取れず、ジェハとヨニは警察に届けるべきか、はたして警察がジウンを見つけ出せるのだろうかと悩みに悩んで、夜も眠れなかった。

「家まで行って何回もノックしたんですよ。今日も店が閉まってたら、警察に届けようと思ってたんですけど。魔法が使えて、髪が長くて、花柄のワンピースを着たきれいな女の人を探してくれ、なんて言ったら、俺たちが捕まりそうじゃないですか？　わけわかんないこと言ってるやつらだと思われて」

今度はジェハが文句を言った。ジウンは申し訳なさと感謝を同時に感じた。自分の居場所があるという感覚、人と一緒に生きていく気分とはこういうものなのだろうか。二人に向かって拝むように両手を合わせ、軽く頭を下げた。

「ごめんね。ちょっと調子が悪かったの」

ジェハとヨニが同時に固まった。ヨニが心配そうにジウンの額に手を当てた。こんなことを言う人じゃないのに。オーナーが謝るなんて。ひょっとして、頭でも打っちゃったとか？

「どうしちゃったんですか？　まだどこか悪いんですか？　急に謝ったりして。怖いじゃないですか！　それに、こんなにきれいな白いワンピースに着替えてるし。今日のオーナー、ちょっと変ですよ。まさか別人なんですか？　分身術とか、そういう魔法を使ったんでしょ？」

「バカなこと言ってないで、手をどけてちょうだい」

額に置かれたヨニの手を軽く払いのけて、ジウンがにらむ。ジェハとヨニはようやく安心したように胸をなでおろした。

「あ～、よかった。それでこそオーナーだわ」


「おやおや、何をふざけてるのさ。ほら、あったかいうちに食べなさい」

〈ウリプンシク〉の赤いテーブルに、分厚く切ったキンパが三皿並べられた。

「うへ～。なんでこんなにキンパがでかいんだよ。俺の顔ぐらいあるぞ。おばさん、こんなサイズじゃ噛み切れませんよ。ナイフで切って食べなきゃ！」

「何を言ってんだい、この子は。切って食べようが、かぶりつこうが一緒だよ。無駄口をたたいてないで早く食べなさい。今、スープを持ってきてあげるから」

店主はジェハの背中をバシッと叩き、ヨニとジウンに笑顔を見せると、片足をひきずりながらスープを取りにいった。ヨニが立ち上がり、店主からスープの器を受け取って二人に渡した。

ジウンとジェハは大きなキンパから目を離せない。ジェハがまずキンパを口に入れた。炊きたてのごはんに香り高いゴマ油と塩がほどよく混ざっている。細切りのニンジン、キュウリ、ゴボウ、薄焼きたまご、ランチョンミート、たくあん、練り天。それぞれの具が調和して、嚙むたびに違う味わいを醸し出す。ヨンジャさんのキンパみたいだな。食の細いジェハの栄養バランスが偏らないように、ヨンジャさんはよくキンパをつくってくれた。じーんときたジェハはあごが外れそうなほどキンパをよく嚙み、もうひと切れ口に入れて、スープを飲んだ。

「おばさん、キンパがおいしくなってるんだけど。なんで？　教えて教えて！」

ジェハはふいに涙が出そうになり、おどけてみせた。店主はエプロンに手を入れて笑う。先日ヨンジャが店にやってきたあと、キンパのレシピを少し変えてみた。塩気が強いから、ニンジンには味付けをせず、キュウリは太めに切って巻いてみたらどうかとヨンジャがアドバイスしてくれたのだ。

「気に入ったなら、どんどん食べなさい。もっとつくってあげるから」

三人はうず高いキンパの山に箸をのばす。ジウンは小皿にキンパを取り分けて、具を少しずつ取り出しながらもぐもぐと咀嚼した。

ヨニは口を大きく開けてキンパを頰張った。今日は研修が多くて一食も食べていない。一日中スーツにハイヒール姿で気を張っていたから、こうしてなごやかに食事をすると生き返った気分になる。三人は会話もせず、食べることに集中した。何も話さなくても気楽な関係。気まずさのない、おだやかな沈黙の時間だ。一生懸命に食べてキンパの山が減ってくると、ジェハが沈黙を破った。

「こんなふうに一緒にめし食ってると、俺たちって本当の家族みたいだよな」

ジェハの言葉を聞いて、ジウンとヨニ、〈ウリプンシク〉の店主は顔を見合わせた。あたたかさの漂うまなざしだ。そうね、家族っていったい何なんだろう。

ジウンは消えた両親を探すために長いあいださまよった。一緒に過ごした思い出を心の支えにしてさみしくつらい時間を耐え抜いたが、今は子どもの頃のようなやすらかさを感じる。どういうわけか、もうさみしくない。両親を見つけられていないにもかかわらず、今は悲しいばかりではない。過ぎたことは過ぎたこととして、今日を生きられるようになったのだろうか。過去を受け入れて今日を生きていく、そんな勇気が芽生えたのだろうか。ジウンは首をかしげて、空になったスープの器をスプーンでコツンと叩いた。

「おやおや。本当の家族なんてたいしたもんじゃないさ。しょっちゅう問題を起こして迷惑かけられてばかりなのに、血がつながってるっていうだけで縁を切れない家族も多いだろ。憎たらしいのに血縁だからって傷つけ合う家族より、最近はあたしらみたいに気の合う者同士が集まって支え合いながら家族になるんだよ。そうだろ？　ジウンさん」

　店主は足をひきずりながらスープのおかわりを持ってきてジウンの前に置き、ウインクをしてみせた。シワのよった店主の表情が微笑ましくて、ジウンは明るく笑った。あったかいな。スープも、この人たちも。

「そうよ。お互いを大切にして、気遣って、一緒にごはんを食べて、日常を共有するの。私たちは家族ね」

　ジウンがそう言った。キンパを咀嚼するヨニの目じりに涙がにじむ。私にも家族ができたのね。ずっと欲しかった家族が。

「あれ〜。何だ、この空気。なんかしんみりしちゃったな。あっ、そうだ、ヘインに連絡してやらなきゃ。あいつもオーナーのこと、すげぇ心配してたんですよ。明日から海ギャラリーで写真の個展をやるからバタバタしてるはずなのに、オーナーは見つかったかって何度も連絡がきてたんです。この二日間、個展の準備の帰りにずっと洗濯屋の周辺を探し回ってたらしいですよ」

　ジェハはパンパンになったおなかをさすりながらスマホを手に取り、ジウンをちらりと見た。

　ジェハはヘインの恋心に気づいていた。昔見た映画に、この世には隠せないものが三つあるという言葉が出てきた。咳と貧しさと愛。ヘインが〈心の洗濯屋〉に初めてやってきた日、彼の瞳にジウンが満ちていくのを見ながら、ジェハは少し心配になった。オーナーは風のように消えてしまいそうに見えるから。初めて現れたあの日みたいに、いつか一瞬にして去ってしまいそうな気がした。

ヘインが誰かのことを心配するなんてめずらしいな。やさしいけど、簡単に心を開いたり、人を好きになったりするようなやつじゃないのに。

「そうだったの……」

バラバラになったキンパの具を箸でつまみながら、ジウンは言った。

ヘインがジウンに惹かれているのはわかったが、ジェハにはジウンの気持ちがまったく読み取れなかった。気難しいけど親切で、冷たいけどあたたかい人。心の痛みを取り除いてくれるいい人だけど、自分の心のシミは落とせない悲しい人のような気もする。人の目には感情が表れるものだが、ジウンの目は黒くて青い深海のようだ。

ジェハはむくんだふくらはぎをさすっているヨニに水を一杯持ってきてやった。そして、ヘインにメッセージを送った。よし、難しいことはわからないけど、親友たちが幸せならそれでいい。まずはヘインを安心させてやらないと。

ジェハがメッセージを送るとすぐに電話が鳴った。ヘインだ。

「ジェハ、ジウンさんが見つかったって？　ケガはないか？　無事なのか？」

ひと息にヘインが言うのを聞き、ジェハはジウンにスマホを渡した。今ヘインが聞きたいのは、ジェハでなく、ジウンの声だろうから。ジウンはジェハに微笑みかけてからスマホを受け取り、〈ウリプンシク〉の外へと出ていった。気持ちのいい風が吹いている。ジウンは風に舞う黒髪を耳にかけ、電話の向こうのヘインに一歩近づいた。

「私は大丈夫です。二日間、眠り続けていたんです。それだけです」

「ジウンさん、ケガはないですか？　具合が悪いんですか？」

ジウンの声を聞いたヘインはホッと安堵のため息をつく。ファインダー越しに初めてジウンを見た日から、悲しいまなざしがずっと心から離れなかった。胃もたれしたようにジウンが心にのしかかっていたが、洗濯屋を訪れて彼女に会うと気分がすっきりした。妙だった。恋をしたことがないわけではないが、こんなふうにつかみどころのない慎重な気持ちになったのは初めてだ。悲しみを全身に抱き、人の心を癒して治癒する彼女を守りたいと思った。

しかし一歩間違えば、ジウンがしずくのように消えてしまいそうで、ヘインは彼女のそばをさまようことしかできなかった。自分の気持ちに今ひとつ確信を持てずにいるところもあった。ところがジェハからジウンが消えたと聞いた瞬間から二日間、ヘインは心配でおかしくなりそうだった。しずくであれ霧であれ、またジウンに会えるのなら思いを伝えたかった。ヘインは電話をしながら駆け出した。

「あの、そこにいてください。僕、今からそっちに行きます」

ヘインの声を聞いて、ジウンは一歩、後ずさった。

「もしもし？　ジウンさん、聞こえますか？　電話、切れてないですよね？　すぐ行きます。そこにいてください」

「ヘインさんは今どこなんですか？」

「まだギャラリーにいますが、タクシーに乗ればすぐです。明日が個展の初日だから、準備をしていたんです」

「それなら、私がそちらに行きます」

ジウンは二歩、前進して言った。タクシーをつかまえるために大通りまで出てきたヘインは、驚いて立ち止まる。彼女が来ると言った。彼女が、僕のところに。

「大丈夫なんですか？　病み上がりですよね。無理しないでください」

心配そうなヘインの声を聞き、ジウンはにっこり笑った。マリーゴールド町にやってきて、まだ一度もやったことのないことがしたい。今日は風が気持ちのいい日だから。

「世界最大のガラス窓がついたバスって、ご存じですか?」

「世界最大のガラス窓?　えっと……たぶんわかると思います」

「そのバスに乗って行きますね。着いてからお話しします。待っててください」

電話越しににっこり笑う二人の頭上を心地よい風が通り過ぎる。その風に乗ってジウンは〈ウリプンシク〉に戻り、スマホをジェハに渡して明るく微笑んだ。ふくらはぎを拳でポンポン叩きながらキンパを食べていたヨニが驚いて動きを止めた。

「オーナー、今のって……まさか照れ笑いですか?　今日はどうしちゃったんですか。謝ったり、何度も笑ったり。やっぱり病院に行かなくちゃ!」

「病院にはおまえが行けよ、ヨニ。オーナー、海ギャラリーの住所をスマホに送りますね」

ジェハはぶつぶつ言っているヨニの口にキンパをひと切れ入れて、にこにこ笑う。店のドアに耳を当ててジウンの電話を盗み聞きしながら、ジェハは思わず喜びの声を上げるところだった。生けるしかばねのように悲しく乾ききっていたジウンの瞳に生気が宿っていた。

おまけに、〈心の洗濯屋〉ができた日から一度も町内を出たことのないジウンが初めて自分の足で出かけるという。その気になれば魔法を使って移動できる人がバスに乗るなんて。いったいどういう風の吹き回しなんだ。

「ヨンジャさんがこのバスに乗るといいっておすすめしてくれたの。行ってくるわね」

ジウンはドアを開けて出ていこうとしたが、立ち止まって振り返った。

「おばさん、ごちそうさま。おいしかったわ。ありがとう。私のワンピースがきれいだって言ってたでしょ？　似た服を探してプレゼントするわね」

三人はまた驚いて、同時にジウンを見つめた。今日はなぜこんなに人を驚かせるのだろう。

ジウンは三人に向かって右手を上げ、〈ウリプンシク〉を出た。これからは心の声を無視せずに、少しずつ耳を傾けてあげよう。心のスピードに合わせて、バス停へと歩いていく。遅すぎず、速すぎないように。いつか今日の歩みを後悔することになってもいい。時が経って、心のすれ違いに苦しむことになってもかまわない。今日は心の言うことにしたがって勇気を出そう。


世界最大のガラス窓がついたバスに乗りに行く。みずから封じ込めた心の壁を壊して、外の世界へと出ていくための、始まりのバスに乗る。ワルツを踊るように軽快な足取りで。ジウンのワンピースの青い花びらたちも一緒に踊る。揺れる花びらに合わせて風が吹く。町にも、心にも。私たちみんなに同じ風が吹く。

「風が吹いた。さぁ、生きよう」

清らかで力強いジウンの声が路地に響き渡る。その瞬間、マリーゴールド町の街灯が一気にともった。光だ。暗闇の中にも、道を明るく照らしてくれる光がある。


「オーナー、バスカードを持ってってください！　いくら魔法が使えても、カードなしじゃバスには乗れませんよ」

ジェハが息を切らしながら走ってきて、ジウンの手に交通カードを握らせる。そこにちょうどバスが到着し、ジウンは乗り込んだ。このカードは何かしら……。窓ガラスの前の座席に座ろうとすると、運転手が大声で言った。

「お嬢さん、ちょっと！　ここにカードをタッチして！」

運転手がICカードの読み取り機を叩きながらジウンを見ている。ジウンは握りしめていたカードをタッチしてから座席に座った。やけに気分がいい。まだ新しく挑戦できることがあるなんて。百万一回目の人生を手に入れたかのようにわくわくする。

窓を開けると、冷たい風がジウンの頬をくすぐった。バスは曲がりくねった急な坂道を下り、市街に向かって走っていく。人が乗ってきては、降りていく。忙しそうに通りを歩く人、恋人と会って抱き合う人、両手いっぱいに買い物袋を提げて歩く人、イヤホンを耳にはめて疲れきった様子でスマホの画面を見つめる人、大勢で話をしながら歩いていく人。バスの中にも外にも暮らしの風景があふれている。それぞれに違う表情を浮かべた人々と交わる都市の風景を眺める。

見知らぬ他人同士が同じ空間を共にし、なにげなくすれ違っていく。ジウンはこれまで、どんな人生においても溶け込めなさを感じていた。でも、今日は目に見える風景の中に自分が含まれていることに違和感がない。何度も生まれ変わる生き方を選んで以来、初めてこの世界になじめた気分になった。一緒に生きていくという感覚。こんなに安心できたのはいつぶりだろう。鼻の奥がツンとした。

「次は海ギャラリー前、海ギャラリー前です」

窓の外を楽しく眺めていると、車内アナウンスが流れた。他の乗客にならって、ジウンも降車ボタンを押した。遠くにヘインの姿が見える。いつも冷静な人なのに、どうしてあんなに落ち着きなくうろうろしているのかしら。そわそわするヘインを見て、ジウンの心臓が高鳴り始める。信号が変わるのを待つ三十秒がとても長い。

「ジウンさん！　大丈夫ですか？　寝込むほど体調が悪かったんですか？」

不安げに歩きまわっていたヘインは、ジウンがバスから降りるやいなや顔をのぞき込んだ。この二日間、彼女が姿を消してしまったかもしれないと思うと、まるで仕事に集中できなかった。そして、後悔した。迷っていないで気持ちを告白すればよかった。自分ならではの方法でジウンを思ってきたが、彼女がいなくなる可能性を想像できていなかった。もっと早く勇気を出すべきだったのに……。どれだけ後悔したのか、ヘインの目は一睡もしていないかのように充血し、ひげも伸びている。ジウンは言った。

「二日間、眠り続けていたんです。ある夢を見て目覚めました。今はもう大丈夫です」

そう話すジウンの瞳からは、以前のような悲しみが消えている。よかった。ホッとした様子のヘインを見て、ジウンは大丈夫だと目で伝えた。たくさんの言葉を交わさなくても気持ちが通じ合う。心がやすらいだ。

「ヘインさん、スマホを見せてください」

「スマホですか？　どうぞ」

「これが私の番号です。登録しておいてください」

ジウンはヘインのスマホから自分の番号に電話をかけて、彼に返した。ヘインは発信履歴を見て、大切そうにジウンの名前を登録した。さっきまではジウンに会ったらすぐに告白しようと思っていたのに、いざ彼女を前にすると頭の中が真っ白になった。どうしよう……。悩んだ末、ヘインは言った。

「少し歩きましょうか？」

ジウンは笑顔でうなずいた。二人は並んで歩き始める。

あたりは秋に包まれ、海の匂いを乗せた風が二人に向かって吹いてくる。走行と停止を繰り返す車。別れと出会いを繰り返す人々。二人も街並みに溶け込んで一緒に歩く。

「マリーゴールドで暮らすようになってから初めて市街に来ました。違う世界に来たような気分、ってわかりますか？」

「わかります。あそことはまた違う世界みたいですよね。にぎやかで、スピード感があって、心臓の鼓動も速くなる気がします。ところで、世界最大のガラス窓のバスはどうでした？」

ヘインは言葉を探しながら言った。心臓が高鳴るのは繁華街に来たからなのか、ジウンがそばにいるからなのか。困ったように頭をかくと、ジウンが笑った。大変だ。心臓が故障してしまったのだろうか。どうしてこんなにドキドキするんだろう。

「バスに乗っただけなのに、心の山をひとつ越えてガラス窓の外に出たみたいな気分です。生きるって、山を越えるみたいなものですよね。この山を越えたら楽になれると思っていても、また新しい山にぶつかるでしょう？　でも、さっきバスから降りた瞬間、まるで最後の山を越えたみたいに心が軽くなったんです。驚きました」

ヘインはジウンの話を聞いて、わかるというようにうなずいてみせた。

「〈心の洗濯屋〉にシミを落としにくる人たちも、きっとこんな気持ちなんでしょうね。やっとわかったような気がします」

ジウンはこれまでお客さんの心がやすらかになることを願ってシミを落とし、シワにアイロンをかけてきた。店に入ってきたときの硬い表情がすっきり晴れやかに変わっていくのを見ると、安心すると同時に、知りたくなった。いったい、どんな気分なんだろう。キャンドルをともすような気持ちで彼らの幸せを祈っていればいつかはわかるかもしれないとひそかに期待していたが、その日は来なかった。でも、今日ならわかるような気がする。

ヘインは物思いにふけるジウンを邪魔しないように黙っていたが、海ギャラリーの前に到着すると言った。

「帰りのバスは、僕と一緒に乗りませんか？　一人よりも二人のほうが楽に山を越えられることもあるから」

「うん……そうしましょう。あ、ここで写真展をするんですか？」

「そうなんです。母の形見のカメラで撮りためてきた写真を初めて公開することにしました。ちょっと入ってみますか？」

「はい」

ヘインはずっと心を閉ざして生きてきた。両親を亡くしてから、母のカメラで写真を撮り続けてきたが、フィルムを現像することはなかった。閉じ込めていた記憶を取り出そうと思うようになったのは、屋上で涙を流す女を偶然撮ってからだ。写真には目に見える現実しか写らないと思っていたが、彼女の悲しみを撮ったフィルムを現像してみたくなった。

箱いっぱいのフィルムを現像し、十坪余りの小さなギャラリーを借りて写真展を開くことにした。彼女がこの写真を見てくれることを願いながら準備を進めた。ヘインはギャラリーの電気をつけて、ジウンを案内した。


「実は、お見せしたい写真があるんです」

「え……。どうしてこんな写真が撮れたのかしら。人の目には見えないはずなのに……」

ギャラリーに入るやいなや、ジウンは驚いて大きな写真の前で立ち止まった。写真には、女の長く黒いまつげの先に宿る涙が写っている。沈みゆく夕日に照らされた、悲しい瞳の持ち主はジウンだ。

「他の人たちの目には、ただの白いキャンバスに見えると思います。ジウンさんと僕だけに見えるんです」

「どうして……？　まさかヘインさんも……？」

「あ、それが、実は……。あとでゆっくりお話ししますね。こちらに来てください」

ヘインは驚くジウンにそっと笑いかけて、右側の白い壁に手を向けた。ヘインが長年使ってきたカメラが四角いプラスチックボックスの上に置かれている。その隣にフォトプリンタが並び、〈決定的瞬間〉というタイトルがキャプションボードに書かれていた。ギャラリーを訪れた観覧客を即興撮影するという作品だ。

ヘインは戸惑うジウンの両肩にやさしく手を添えて、壁の前に置かれた椅子に座らせた。ジウンは作品のタイトルを見ながら考え込む。

「決定的瞬間を求めて一生撮り続けたが、毎日が決定的瞬間だった。アンリ・カルティエ＝ブレッソンの言葉ですね」

「そのとおりです。その言葉をタイトルにしてみました。今日は本当にいい日です。この作品を構想したとき、いちばんにジウンさんを撮りたいなと思ったんです。来てくれてありがとう」

ヘインはボックスの上に置かれたカメラを手に取り、ピントを調節しながら恥ずかしそうに笑う。椅子に座ったジウンの顔にもヘインの笑顔に似た微笑みが浮かんだ。微笑みはすてきな気分を連れてくる。

「一枚、撮ってもいいですか?」

「もちろん。撮ってください」

「目を閉じて、ジウンさんがいちばん幸せだったときのことを思い浮かべてください」

ヘインが言い、ジウンは目を閉じた。いちばん幸せだったのはいつだろう。幸せとは、特別な瞬間のことだと思っていた。失敗を挽回しないかぎり、幸せはやってこないと思っていた。幸せになる資格なんてないと自分に言い聞かせてきた。

それにもかかわらず、人生のどの瞬間も尊さと愛に満ちていた。後悔でいっぱいの昨日も、自分の愛し方を知った今日も、老いていくかもしれない明日も。ううん、たとえ魔法を解くことができなくてまた生まれ変わったとしても、何もかも自分が選択したことだから幸せに思えるはず。

胸が熱くなってくる。心臓の上に手を当てて、ぬくもりを味わった。

心なんてなければいいと思った日もあった。心さえなければ、痛みも悲しみも感じずに済む気がして。心を取り出してきれいに洗い、また元に戻して、痛みも悲しみもなく生きていきたかった。それができないから、人の心のシミを落として癒すという特別な能力を持って生まれてきたのだろうか。

ひょっとしたら、傷つきそうな日は心を取り出して無心で生き、うれしい日だけ心を元の場所に戻すことも可能だったのかもしれない。でも、そんなふうに生きていたら、人の心の痛みを感じることはできただろうか？ 人々の心のシミを花びらに変え、キャンドルをともすような気持ちで夕日に向けて送り出せただろうか？

（あっ、花びら……）

ジウンは短く息を漏らす。花びらたち。愛する人々を失い、ひとりぼっちになったと思っていたが、ジウンのそばを離れずにいた花びらたちこそが、これまでに出会った人々の心だったのかもしれない。ジウンがさみしくないように、乾いた心のシミが美しい花びらに変わって、彼女を守ってくれていたのかもしれない。ずっと人を癒してきたと思っていたが、ジウンもまた人に癒されながら生きてきたのだ。

偶然耳にした両親の会話から、ジウンは自分に二つの能力があることを知った。人の悲しみを癒す能力、そしてそれを補うために、願ったことを実現させる能力が授けられたらしい。

自分を愛し、ありのままの自分を受け入れて、痛みも悲しみも喜びもすべて感じて花咲かせる今日。これこそが、ずっと夢見てきたその日なのではないだろうか。ママとパパが私に伝えたかった秘密は、まさに今この瞬間なのかもしれない。永遠のようにはてしない思いが頭の中を駆けめぐる。やがて、ジウンは目を開けた。

パシャッ。

ヘインがシャッターを切ると、すぐにフォトプリンタから写真が出てきた。人生は驚くべき秘密の連続だ。写真の中のジウンの瞳には、彼女と共に過ごした人々の笑顔が溶け込んでいる。今ジウンのそばにいる人々、過ぎ去った日々の中で縁を結んだ人々、そして、会いたくてたまらなかった人々の笑顔が。

そのとき、ジウンのワンピースから花びらが抜け出して、二人のまわりをくるくる回り始めた。青い花びらたちが海ギャラリーを波のように満たしていく。

夢見たことを実現するというのは、誰の人生においても可能なことなのかもしれない。人生を思いのままに動かす力。それは、たとえ失敗しても自分をありのまま愛する人に与えられる、勇気と特権のようなものではないだろうか。だとしたら、この魔法は選ばれた特別な者だけに許されたものではなく、誰もが手にすることのできる能力だ。みんなにこの秘密を教えるために、ジウンはこの世界にやってきたのかもしれない。

ジウンは複雑な感情に駆られながら、写真とヘインを交互に見た。そういえば、ヘインからはおひさまの匂いがする。〈心の洗濯屋〉の物干しロープにかかった洗濯物のように両手を広げ、彼がおひさまみたいに笑っている。日光で乾かした洗濯物の匂いが鼻をかすめる。

ヘインが言った。

「いらっしゃいませ。こちらは〈心の写真館〉でございます」

二人は同時に笑い出した。美しい今日が、まぶしいほどにきらめいている。

エピローグ

「毎日を生きるというのは本当に大変なことです。困難にぶつかったときは、こんな日がいつまで続くんだろう、と思いますよね。でも、いざ平和な日々が続くと、なぜか不安になってしまいます。どうして何事も起こらないんだろう？　今のままでいいのかな？　人生が疑問でいっぱいになります。そんなときは〈心の洗濯屋〉にお越しください。思いっきり、おしゃべりをしにきてください。話をするだけでも、まるでシミが抜けたように心が軽くなるはずですよ」

「カット！　ヨニ、なかなかうまいじゃん」

毎週末、〈心の洗濯屋〉の仕事を手伝っていたジェハとヨニは、趣味のユーチューブチャンネルを開設するために動画を撮り始めた。ずっと化粧品の販売員をやってるから人前で話すことには慣れてるよ、とヨニが演者を務めることになった。カメラを向けられると緊張してしまうジェハは、ヨニの申し出をありがたく受け入れた。平日は会社の仕事に打ち込み、週末はヨニと撮影に励んでいる。

ジェハにとって、生きるということはバランスの崩れたシーソーに乗っているようなものだった。シーソーが動くことはなく、自分はずっと低いほうに座っている気がしていた。でも最近は、シーソーが動いているのを感じる。〈心の洗濯屋〉ができる光景を目撃し、その中に入る勇気を出したあの日から、シーソーが動き出した。人生最大の勇気を振り絞った日だったかもしれない。

「いっそのこと、あなたたちがこの洗濯屋を運営したらいいんじゃない？」

〈ウリプンシク〉からキンパをもらってきたジウンが二人を見ながら言った。

「うへ～。オーナー、そういう真面目な顔で冗談言うのやめてくださいよ。怖いなぁ」

ジェハがぶるぶる震えるふりをしながら、キンパを一本受け取る。ヨニもキンパを受け取ろうとそばにやってきたが、ジウンを見て、突然驚きの声を上げた。これってどういうこと？

「えっ！　オーナーにも白髪って生えるんですか？」

ヨニの言葉を聞き、ジウンは驚いて頭に手をやった。白髪が生えるなんて生まれて初めてのことだ。

「白髪？　どこに？」

「ここ。右に一本あります。わぁ、信じらんねぇ」

ジェハもヨニと一緒に白髪を探す。そういえば最近、オーナーの目じりに小ジワができた気もする。一生、年をとらなそうに見えるのに、白髪とシワかぁ。

「抜きましょうか？」

「ううん、抜かないで。鏡を見てくる」

ジウンは奇妙なほどに軽い足取りで鏡のほうへ向かった。待ちに待った老いがやってきたのだろうか。白髪が生え、シワができて、愛する人のそばで一緒に年をとっていく。そんな日常が始まったのだろうか。

〈心の洗濯屋〉を営みながら、ジウンは今日という一日こそがもっとも特別な贈り物なのだと悟った。いくら後悔しても昨日はもう戻らず、明日はまだ訪れていない遠い未来。だから、今日を生きなくてはならない。今日という一日は、私たちみんなに等しく与えられた魔法のような贈り物だ。

「ヨニ、ジェハ。秘密を教えてあげましょうか？」

「わぁ〜。秘密？　どんな秘密ですか？」

「ちょっと待っててください。盗み聞きしてる人がいるかもしれないから、確認してきます」

「大丈夫よ。これは噂になってもいい秘密なの」

「何だよ〜。そんなの秘密じゃないですよ。つまんないなぁ」

「聞かないの？」

「いやいや、聞きますよ！　何ですか？」

「あのね、あなたたちにも私と同じように特別な能力があるのよ」

「ホントですか……？」

「うん。〝言ったことを実現する能力〟があるの」

ヨニとジェハは顔を見合わせた。ジウンの顔を見つめて、話の続きを待つ。ジウンは黒いロングヘアをかき上げ、さわやかに笑って二人の肩に手を置いた。

「自分が歩んでいるこの道は正しい、自分の選択は正しいからうまくいく、と信じていれば、やがてはそうなるものよ。あなたたちは、自分が言ったとおりに、信じたとおりに、心のおもむくままに生きていく能力をすでに持っているの。疑わずに自分を信じて。自分はきっとやり遂げられる、って信じてみて」

ジウンは手に力を込めて二人の肩をポンポンと叩き、話を続けた。

「それから、このことも覚えておいてね。神様は最高の贈り物を、試練という名の包み紙にくるんで人間に授けるんですって。今日つらいことがあったとしたら、それは贈り物を受け取る準備をしているところなの。ものすごいプレゼントの包み紙をはがしている途中なのかもしれない」

そう言い終えると、ジウンは考え込んでいる二人を残して、屋上への階段をゆっくりのぼっていった。屋上の真ん中に置かれた椅子にもたれるように座り、日差しをのんびり眺める。花びらを空に送るにはまだ早い時間だ。

目を閉じて、やさしい微笑みを浮かべ、この世でいちばんおだやかな表情で照りつける日差しを味わう。熱いけれど、熱くはない。私がこの世に生まれた理由がわかったから。今ようやく、ついに。自然に年をとることのできる今日が美しい。

「お昼寝にぴったりのお天気ね」

装画・挿絵　いえだゆきな
装丁　荻原 佐織

DTP制作　ビュロー平林
校正　くすのき舎

著者　ユン・ジョンウン

エッセイスト、小説家。慶熙大学経営大学院文化芸術経営学科修士課程修了。2008年、エッセイ『20代女性のための自己啓発ノート』で作家デビュー。2012年、短編小説『甲乙の時間』が第11回人生の香り・東西文学賞小説部門の銀賞を受賞。著書に、エッセイ『好きに生きても大丈夫 いつも人に気を遣ってばかりで自分を見失ってしまったあなたへ』（SBクリエイティブ）、『本当はこの言葉を聞きたかった』、『今のままでも大丈夫』などがある。

訳者　藤田麗子

フリーライター＆翻訳家。福岡県福岡市生まれ。中央大学文学部社会学科卒業。訳書に、キム・ジェシク著『いい人にだけいい人でいればいい』、『たった1日もキミを愛さなかった日はない』（ともに扶桑社）、クォン・ナミ著『翻訳に生きて死んで 日本文学翻訳家の波乱万丈ライフ』（平凡社）、クルベウ著『大丈夫じゃないのに大丈夫なふりをした』（ダイヤモンド社）などがある。

マリーゴールド町　心の洗濯屋さん

発行日　2024年4月1日　初版第1刷発行

著　者　ユン・ジョンウン
訳　者　藤田麗子
発行者　小池英彦
発行所　株式会社 扶桑社
〒105-8070
東京都港区海岸1-2-20　汐留ビルディング
電　話　03-5843-8842（編集）
03-5843-8143（メールセンター）
www.fusosha.co.jp
印刷・製本　中央精版印刷株式会社

[illegible] Japan
[illegible]4-594-09672-4